रिपोर्टर

(उपन्यास)

रिपोर्टर

महाश्वेता देवी

अनुवाद
सुशील गुप्ता

वाणी प्रकाशन

वाणी प्रकाशन का 'लोगो'
विख्यात चित्रकार मक़बूल फ़िदा हुसेन की
कूची से

ISBN : 978-93-5229-161-8

वाणी प्रकाशन

21-ए, दरियागंज, नयी दिल्ली-110002
द्वारा प्रकाशित

फोन : 0091#11#23273167, 23275710
फैक्स : 0091#11#23275710
ई-मेल : vaniprakashan@gmail.com
vani_prakashan@yahoo.com
वेबसाइट : www.vaniprakashan.com

प्रथम संस्करण : 2006
आवृत्ति : 2009

आवरण : वाणी चित्रांकन
आर. टेक ऑफसेट प्रिंटर्स, दिलशाद गार्डन,
दिल्ली-110032 द्वारा मुद्रित

मूल्य : 75.00

REPORTER *(Novel)*
by : Mahashweta Devi
Translated by : Sushil Gupta

रिपोर्टर

दलदली शहर के इस तरफ़, गंगा के पूर्व में, हालाँकि 'वार्तावह' का दफ़्तर मौजूद था, लेकिन वह अन्दाज़ा लगाने का कतई उपाय नहीं था कि पश्चिम की तरफ़ भागीरथी प्रवाहमान हैं। अमिय ने एक बार 'प्रसंग भागीरथी' अंक निकाला था। आजकल लोगों में उस अंक की काफ़ी मांग है। लेकिन उन दिनों कुल पन्द्रह पैसे देकर भी, लोगों में यह ख़ास नहीं बिकी। पिछली बार महा-सैलाब में जब घर के अन्दर तक पानी घुस आया था, काफ़ी सारे पुराने अंक नष्ट हो गए। दूर्वा बेहद खुश हुई।

'पाप थे....साक्षात् पाप! नष्ट हो गए, जान बची। समूचा घर ऐसा गोदाम बन गया था कि अगर वहां सांप वगैरह भी रेंग रहे हों, तो ताज्जुब नहीं। चल, अब वे कमरे ख़ाली कर डालें।'

'जाः तुम भी क्या बात करती हो। अख़बार न रहा, तो बाबुम भला जी पाएंगे?' सीतू ने कहा।

'ठीक है! अख़बार और तेरे बाबू सलामत रहें।'

वैसे अमिय ने दूर्वा की बातों पर कान नहीं दिया। दूसरी मंज़िल तुम्हारी; तीसरी सीतू की, लेकिन पहली मंज़िल सिर्फ़ मेरी! 'वार्तावह' के अलावा मेरा और कुछ नहीं है।'

'वार्तावह चलाकर क्या होगा?'

'इसकी बिक्री आठ सौ तक पहुंच गई है।'

'आजकल लोग क्या-क्या कुछ कर रहे हैं....'

'मसलन्?'

'सब बेच-बाच दो!'

'उसके बाद?'

'नए टाउनशिप की तरफ़ चलो।'

'वहां करूंगा क्या?'

'जितने दाम मिलेंगे, उससे मकान भी होगा, दुकान भी! दुकान का किराया आएगा—'

'यह मुझसे नहीं होगा, दूर्वा!'

'नासिर खां रोड की इस दमघोंटू आबोहवा, नालियों की बदबू, श्मशान की

गंध—यह सब, अब मुझसे बर्दाश्त नहीं होता।'

'तुम्हारा स्कूल क़रीब है; सीता का स्कूल भी क़रीब है, यह सब क्या मामूली सुविधा है?'

'पता नहीं! बस, यहां मुझे बिल्कुल अच्छा नहीं लगता।'

अमिय इसका क्या जवाब देता? एक दिन, तुम्हें यह सब अच्छा लगा था। मैं, मेरा घर, मेरे आदर्श—तुम्हें बेहद पसन्द थे। आज, तुम्हें वे सब बातें याद नहीं रहीं। तुम्हारी बेटी की उम्र चौदह हुई; मेरे अख़बार की उम्र बारह। मुझे तो अभी भी ये सब बेहद प्रिय हैं। असल में तुम बदल गई हो। वक़्त....यह वक़्त बदल गया है।

नया टाउनशिप!

आज, सभी लोग उसे नया शहर कहते हैं, मगर अमिय को मालूम है, अगले दस सालों के अन्दर-अन्दर, यह प्रधान शहर बन जाएगा। यह शहर काफ़ी छोटा है! हाथ-पांव फैलाने तक की जगह नहीं है। किसी ज़माने में पूर्व की तरफ़, जो लम्बे-चौड़े, अपार धान के खेत और झील-नहरें थीं, उनकी जगह, अब नया शहर बस गया है। जगह काफ़ी है। प्लानिंग की सुविधा है। हज़ार लोग तो वहां अभी ही बसे हुए हैं! अच्छा-ख़ासा बाज़ार जम गया हैं हाइवे से, ख़ूबसूरत-सी एक सड़क उस नए शहर से जा मिली है। अब वहां मार्केट-कॉम्प्लेक्स, प्रसूति-सदन और बच्चों का अस्पताल बनने वाला है।

नए शहर का नाम भी खूबसूरत है—अरुणोदय!

अब तो इसकी याद भी नहीं आती कि वहां कभी सिंह परिवार में विशाल आम-बाग़ हुआ करता था। सिंह बागान में, जिले भर के मशहूर-मशहूर आमों के पेड़ मौजूद थे। किसी ज़माने में, सिंह-कोठी में आम का डिनर हुआ करता था। उन दिनों, सवारी गाड़ी के नाम पर, सिर्फ़ घोड़ागाड़ी हुआ करती थी।

सन् चौसठ की बात है। अमिय ने जब एम. ए. में दाख़िला लिया, उस साल उस पार से अनगिनत शरणार्थी आए थे। अर्से तक, वे लोग उसी आम्र-वन में टिके रहे। अमिय लोगों ने त्राण-शिविर खोला था।

सन् इकहत्तर में, अमिय, उसी बाग़ान में गिरफ़्तार किया गया।

उन दिनों कोई और ही ज़माना था। कोई और ही समय था। अमिय वगैरह काफ़ी सक्रिय थे।

यह तो ख़ैर, मानना ही होगा कि अमिय के पिता ने अपनी इकलौती सन्तान पर कभी कोई शासन-अंकुश नहीं रखा।

असल में अपने पिता के साथ अमिय का बेहद सम्मानजनक समझौता था। किसी ज़माने में उसके पिता ने भी 'स्वदेशी' किया था। उसके बाद, वे जेल में ही, कम्युनिस्ट पार्टी में शामिल हो गए। अमिय ने सुना है, उन लोगों की आदि-बस्ती, मेजे गांव में थी। मेजे गांव के कुम्हारों की कारीगरी काफ़ी मशहूर थी। गांव के बीचोंबीच से मेजे नहर बहती थी।

'ज़िले का प्राचीन इतिहास' पढ़कर, पता चलता है, कि मेजे नहर के किनारे

षड्भुजा काली का मंदिर स्थित था। जाड़े के मौसम में, वहां पौषकाली पूजा होती थी, काफ़ी बड़ा मेला लगता था। सिंहराय यहां के ज़मीन्दार थे। अब उनके वंशधर, 'सिंह' और 'राय' दो-दो पदवी में बंट गए हैं। अब इस ज़िले में उनमें से कोई भी नहीं रहता।

उनके एक-एक साझीदार, बारी-बारी से, एक-एक बार यहां 'पूजा' का दायित्व सम्हालते थे। किसी की 'पूजा' कितनी धूमधाम से सम्पन्न हुई, इस बारे में दोनों हिस्सेदारों में जबर्दस्त मुक़ाबला ठना रहता था। एक बार तो खुद उद्धव राय यहां आए थे और काली कीर्तन में उन्होंने गाया भी था।

हिस्सेदारों के बीच, मुक़ाबले की होड़ में ही जमीन्दारी का हाल, बेहाल हो आया। एक बार तो बड़े शरीफ़ नृसिंह राय, 'पूजा' के मौक़े पर 'कारणवारी' चढ़ाकर, इतने मदहोश हो गए कि उन्होंने छोटे शरीफ़ के नौजवान बेटे को पकड़कर, नरबलि दे डाली। पुस्तक-लेखक ने मंतव्य दिया था—इस अशुभ हादसे के बाद ही देवी मइया ने मुंह फेर लिया, मेजे गांव की नहर एकदम से सूखकर काठ हो गई।

धीरे-धीरे भागीरथी के कराल ग्रास में, मेजे समेत, कई बड़े-बड़े गांव, एक अदद सुसमृद्ध इलाका ही, हमेशा-हमेशा के लिए लुप्त हो गया।

अमिय के बाऊ जी बताते थे, चूंकि गांव, भागीरथी के ग्रास में समाता जा रहा था, यह देखकर उनके परदादा, नन्दकोल गांव में आ बसे। वर्तमान नसीरगंज शहर, उस नन्दकोल समेत सात अन्य गांवों की बुनियाद पर प्रतिष्ठित हुआ। अमिय के बाऊजी कभी जिला कृषक मोर्चे में कार्यरत थे। सन् चालिस में अमिय की मां से उनका विवाह। उन दिनों जंग छिड़ चुकी थी। अमिय के बाऊ जी बताया करते थे—मेरा जन्म पहले महायुद्ध वाले वर्ष में हुआ था। मेरा विवाह दूसरे महायुद्ध के छः महीने बाद हुआ। मेरा बेटा मन्वन्तर वर्ष में पैदा हुआ। मेरी पत्नी का निधन सन सैंतालिस की पन्द्रह अगस्त को हुआ। यानी इस ख़ानदान में इतिहास की ख़ासी घनघटा छाई रही।

पत्नी की मृत्यु के बाद, अमिय के बाऊ जी ने दूसरा विवाह नहीं किया। हर वक़्त पार्टी के काम में भी जुटे रहना संभव नहीं था। ऐसे में उन्होंने पत्नी के नाम पर 'कल्याणी प्रेस' खोली। अमिय, अपनी बुआ की छत्रछाया में पलता-बढ़ता रहा। बुआ, बहरामपुर के खगड़ा में रहती थीं। अमिय ने वहीं के स्कूल-कॉलेज में लिखाई-पढ़ाई की। नसीरगंज तो वह छुट्टी वगैरह में आता था। इस जिले में एक सुविधा भी थी। यहां के तमाम शहरों तक बस में भी जाया जा सकता था। बहरामपुर से ज़िले के किसी भी प्रान्त की धैय्या छूकर, एक ही दिन में लौटा जा सकता था।

अमिय के बाऊ जी को 'कल्याणी प्रेस' से थोड़ी-बहुत आमदनी भी होने लगी। नसीर खां रोड पर स्थित मकान के बीचोंबीच एक पक्का दालान और वहीं समूचा घर दो हिस्सों में बंटा हुआ था। पूरे आठ कट्ठे पर मकान खड़ा था। इसका एक हिस्सा, नसीर खां रोड पर और दूसरा हिस्सा रानी सुन्दरी लेन पर पड़ता था। दूसरा हिस्सा उन्होंने किराए पर चढ़ा दिया था।

वे तमाम किराएदार आज भी वहां मौजूद हैं। अभी तक अमिय को, क़िराए की तौर पर पूरे इकसठ रुपए मिलते थे। हां, तो बाऊ जी ही कल्याणी प्रेस चलाते थे। खुद ही कम्पोज़िटर, खुद ही प्रूफरीडर, खुद ही प्रिंटर। दुकानों की बिल-पुस्तिका, स्कूली पाठ्य-पुस्तकें वगैरह की छपाई के बीच-बीच में राजनैतिक प्रचार की सामग्रियां भी छापते थे। उसके बाद, पुलिस आ पहुंचती थी। कुछ दिनों प्रेस बंद रहता था। उनके एकमात्र सहयोगी थे—काली बाबू। काली बाबू के निधन के बाद, उनके श्राद्ध का कार्ड पढ़कर, अमिय को पहली बार ज्ञात हुआ कि उनका नाम सहायराम काली था।

बाऊ जी के प्रति काली वाबू की श्रद्धा-भक्ति देखने लायक थी। बाऊ जी को पुलिस जब परेशान करती थी, उन्हें पकड़कर थाने ले जाती थी; उनके कागज-पत्र तहस-नहस कर देती थी, काली बाबू सब सम्हाले-सहेजे रखते थे। वैसे पुलिस के ये खुराफ़ात, सन् साठ के दशक से पहले ही कम होने लगे। बाऊ जी प्रेस में ज़्यादा व्यस्त रहने लगे और कम्युनिस्ट पार्टी के लोग विधान सभा, लोक सभा में पहुंच गए थे। बाऊ जी पर ख़बरदारी भी अब घटने लगी थी। मौत से कुछेक दिन पहले, बाऊ जी ने अमिय से कहा—'प्रेस चलाते रहना! तुम्हारे अख़बार को भी मेरा आशीर्वाद है। मैं भी अख़बार निकालना चाहता था, लेकिन सिर्फ़ काली बाबू ही थे मेरे पास। उनके सहारे अख़बार नहीं निकाला जा सकता था।'

'तुमने एक अख़बार निकाला था न?'

'हां, 'संग्राम'! दो ही अंक निकाल पाया। अख़बार ही ज़ब्त कर लिया गया।'

'उसकी एक भी प्रति नहीं है?'

'मुमकिन है, अनंग के पास एकाध प्रति पड़ी हो।'

'काली बाबू उन्हें कहां से मिल गए?'

'उन दिनों मैं कृषक संगठन में शामिल था। काली बाबू....पहले डाकू थे.....'

'डा—कू?'

'मैं, अनंग, स्वर्गीय जदू बाबू और स्वर्गीय रतन कापाली—हम चारों ने मिलकर आटला गांव में एक मीटिंग आयोजित की। ज़मीन्दार की ग़लत-सलत वसूली, ख़ासकर आटला हाट से उगाही के बारे में वहां के लोगों में बेहद आक्रोश था। वहां का ज़मीन्दार था लाल मोहन दत्त, जुबान से कांग्रेस का समर्थक, इसलिए अंग्रेजों का भक्त था।'

'ज़माना काफ़ी बदल गया है, बाऊ जी! अब तो उसका पोता सुकेश दत्त ही.....'

'हां, इतनी लिखाई-पढ़ाई करने के बाद भी, कोई इन्सान इतना कट्टर पुरातनपंथी हो सकता है, यही अफ़सोस की बात है।'

'ख़ैर, लिखाई-पढ़ाई तो सभी सीखते हैं।'

'यही तो पाप है! ऐसे लोग सच्चे अर्थों में लिखाई-पढ़ाई नहीं करते। शिक्षा सिर्फ़ नौकरी-चाकरी हासिल करने के लिए है, आजकल यही ख़्याल, सबके मन में घर कर गया है। लगता है, शिक्षा व्यवस्था ही धीरे-धीरे बेतरह गड़बड़ा जाएगी।'

अब जाकर, अमिय को समझ में आने लगा है, बाऊ जी ने सच ही कहा था।

'तुम लोगों के आन्दोलन के ज़माने तक भी पढ़ने-जानने की एक अहमियत थी।'

'ख़ैर, यह अहमियत हमेशा रहेगी, बाऊ जी।'

'कैसी अहमियत? अपने नसीरगंज में भी कॉलेज खुल गया है। जो लोग बंगला या अंग्रेजी तक शुद्ध नहीं बोल सकते थे, वे ही लोग पास भी हो गए। सबसे भयावह बात यह कि उन्हीं लोगों को मास्टर-प्रोफेसर की नौकरी भी मिल गई। अपने यतीन्द्र को ही लो। वह छात्रों को कुछ सिखाएगा? मास-कॉपी करते हुए....सामूहिक भाव से 'टीपकर' वह नहीं पास हुआ?

'अच्छा, बाऊ जी तुम क्या पास हो?'

'मैं....? ये पास और वो पास। राजनीति करते-करते, मैट्रिक से आगे नहीं बढ़ पाया। हां, तुम्हारी मां ने आइ. ए. पास किया था।'

'अच्छा, यह तो सच है न कि मां ने ही सत्यभामा बालिका विद्यालय शुरु किया था?'

'वह अकेली नहीं थी, तीन-चार औरतों ने मिलकर शुरु किया था।'

'स्कूल का नाम सत्यभामा क्यों रखा?'

'ज़मीन्दार परिवार ने ज़मीन दी, मकान भी दिया। उन दिनों अनुमति भी आसानी से मिल जाती थी, सो स्कूल बन गया। उन दिनों यहां लड़कियों का स्कूल तो था नहीं। लेकिन उन्हीं दिनों पूर्व बंग से अनगिनत लोग आ पहुंचे, सो स्कूल शुरू हो गया। कल्याणी वग़ैरह ने जब स्कूल शुरू किया था। तब छात्राएं पकड़-पकड़कर लानी पड़ती थीं। स्कूल में छात्राओं की संख्या बढ़ गई, स्कूल को अनुमोदन मिल गया, कल्याणी को यह सब देखना नसीब नहीं हुआ।'

'अब तो वह विराट स्कूल बन गया है। हाई स्कूल! बारहवीं क्लास तक पढ़ाई होती है।'

'अब तो नसीरगंज में आठ-आठ प्राइमरी स्कूल, लड़कों के लिए दो जूनियर स्कूल, लड़कियों के दो हाईस्कूल, लड़कों के दो हाईस्कूल चल रहे हैं। पहले कभी किसी ने इसकी कल्पना भी की थी?'

'हां, काफ़ी तरक्की कर गया है यह शहर! है न बाऊ जी?'

'हुंहः योजनाहीन, कल्पनाहीन तरक्की! आदि-शहर तो रहा यहां! नया शहर यहां से कित्तनी दूर....। उत्तर में कॉलोनी इलाका, अब नलिनी बागची मुहाल! दक्षिण में, उसी तरह सूर्यसेन नगरी! धत्त्! धत्त्! कहीं, कोई प्लान नहीं, रास्ता, बिजली, नगरपालिका व्यवस्था....कुछ भी नहीं!'

'ख़ैर, अरुणोदय वैसा नहीं होगा।'

'चलो, बेतरह हुआ, तो गनीमत है।'

'इसके बावजूद, आदि शहर में ज़मीन-मकानों की क़ीमतें बढ़ती जा रही हैं।'

'असल में, लोगों के पास रुपए बढ़ गए हैं।'

'बॉर्डर कारोबार में रुपए! काले बाज़ारी और चोर-बाज़ारी के रुपए! यह वक़्त

ही बड़ा अजीब है! बिल्कुल और तरह का!'

'हताशा होती है न, बाऊ जी?'

'नहीं! आत्ममंथन करता रहता हूं। हमारी सोच और कार्यों में, कहीं कोई भूल ज़रूर रह गई, वर्ना ऐसा क्यों होता? हालत क्यों होती ऐसी? काली बाबू भी तो सब देखते-सुनते रहे और मन में गहरी पीड़ा लिए चले गए।'

'काली बाबू डाकू थे—'

'वह तो बहुत पहले, लल्ला! आटल गांव में मीटिंग करने के बाद, मैं सालेम मल्लिक के यहां गया था। वह उन दिनों मुसलमान खेतिहर मिलीटेंट था। बड़ा जुझारू। कहने लगा—कॉमरेड, रहिए, आप यहीं रह जाइए! अटला हाट, घुनारीपाड़ा हाट, मसनद हाट, मीटिंग कीजिए।'

सालेम निहायत आम खेतिहर था। लेकिन उसमें जितना तेज था, उतनी ही बुद्धि भी!

'तुम वहीं रह गए?'

'हां, रह गया। वहीं रह गया। घुनुरपाड़ा हाट में ही जमीन्दार के लठैतों ने हमला कर दिया। उस वक़्त यही काली बाबू हाथ में लाठी लेकर उतर पड़ा। उसने ललकारकर कहा—ये बाबू लोग भली बातें कर रहे हैं, तुम ही लोगन के लिए और तुम लोग खड़े-खड़े देखते रहोगे? जो किसान उस हाट में आए थे, उसकी ललकार सुनकर, चूंकि वे लोग लाठी के बिना कहीं नहीं जाते थे, सबके सब लाठी लेकर उतर पड़े।'

'तुम लोग जीत गए?'

'अरे, लल्ला, हार-जीत ऐसे नहीं होती। हर बात में वक़्त लगता है। वक़्त पर परीक्षा में जो आख़िर तक टिका रहता है, वही असली होता है।'

'तुमने यह सब तो नहीं बताया—'

'तू न मूर्ख है!'

'क्यों, बाऊ जी?'

'मैंने तुम्हें वेनी के यहां क्यों रखा था? वेनी की गुरु पूजा और बारहों महीने ठाकुर पूजा देखने के लिए? जी, नहीं, अनंग के लिए! इसलिए कि तुम्हें अनंग का संग-साथ मिले। अनंग के पास रहकर तुम जितना कुछ जान-सीख सकते हो....'

'हां, वे बातें अच्छी-ख़ासी कर लेते हैं....'

'यह तुम उसी से पूछ लेना। हां, तो उस दिन हाट में लाठालाठी हो गई, तो हमारी कमेटी ने नया हाट बिठा दिया। पुलिस ने देखा, यह तो गोलमाल है। मुझे, अनंग को, जइ बाबू को, उसने शरीफ़ बच्चा कहा। उसने हमें सलाह दी—खेतिहर—मज़दूर के बीच मत रहा करें। मुझे तो मालूम है, आप लोग बेक़सूर हैं। यह सब करतूत उस काली डकैत की है। अनंग ने पूछा, डाकू? डाकू किस बात का?'

'क्या वह सच ही डकैत था?'

'हां, उसकी डकैती में भी मौलिकता थी। घुनारीपाड़ा में उसका घर। सम्पन्न

किसान था। उन दिनों जमीन्दार के लोग इस-उस की गाय हंका ले जाते थे और जमीन्दारी के कांजीघर में क़ैद रखते थे। जब लोग उन्हें छुड़ाने पहुंचते, तो रुपइय्यों की मांग करते थे। उन दिनों एक रुपए की क़ीमत बहुत ज़्यादा होती थी। बिचारा किसान अपनी गाय छुड़ाने में अक्षम था। काली था लाठी का उस्ताद! वह लाठी भांजता फिरता था। थोड़ी-सी स्कूली 'पढ़ाई भी की थी।'

'उसके बाद?'

'काली के बैल भी पकड़ ले गए थे। काली वाबू ने जाकर अपना बैल छुड़ाया और कांजी घर का दरवाजा भी खोल दिया और बाकी सबकी गायें भी हंकाकर बाहर निकाल लाया। सिर्फ़ इतना ही नहीं। ज़मीन्दार ने अटला हाट से बैलों की चार जोड़ी ख़रीदी थीं, वह उन्हें भी भगा लाया और उसने उन्हें बेच भी डाला। इसलिए उसे डकैती के आरोप में फंसा दिया गया। चूंकि उसे डकैती के मामले में फंसाया गया था, इसलिए रिहा होने के बाद सच ही डाकू बन गया।'

'उसे देखकर, कोई कह सकता है भला?'

'ख़ैर, हम उसे छुड़ा लाए। वह कहने लगा, मुझे भी अपने साथ ले लो। कुछ दिनों, अनंग ने उसे खूब-खूब समझाने की कोशिश की। उसके मन में जाने कैसा तो वदलाव आया। मुझसे उसने लिखना-पढ़ना सिखाने का अनुनय किया। मैंने थोड़ा-बहुत पढ़ा भी दिया। मैंने उसे राह भी सुझाई कि वह इन्सानियत की राह चले, ग्रामीण इन्सानों का मनोवल बढ़ाए। 'लाठी छोड़ दूं?' उसने पूछा। अनंग ने उसे लाठी छोड़ने को मना किया। उसने सुझाव दिया–'लाठी भांजना ही सिखाएं।' वह लाठी भांजने का हुनर सिखाने लगा। आन्दोलन के पहले ही, कृषक संगठन में ज़र्बदस्त आन्दोलन छिड़ गया। जमीदार की अन्यायपूर्ण वसूली, बाज़ार-हाट में शोषण में कमी आने लगी। उस वक़्त मैजिस्ट्रेट ने भी साथ दिया था।'

'उसके बाद वे यहां चले आए?'

'हां, एक दिन वह यहां चला आया। उसने बताया कि गांव में भाई लोग हैं, उनके बाल-बच्चे हैं। मेरे रहने से उन्हें असुविधा होती है। हम-लोग भी वहां नहीं हैं, इसलिए उसका मन नहीं टिकता। इस तरह वह यहीं टिक गया। अब वह डकैती नहीं करेगा, इसका जमानतदार बना मैं।'

'फिर वे चले क्यों गए?'

'नीलिमा पात्र के मामले में! कुछ लोग नीलिमा को उठाकर ले गए। उसे ले जाते देखकर, काली बाबू ने उस उम्र में भी, सड़क के राहगीरों को ललकारकर कहा–आप लोग खड़े-खड़े देख रहे हैं? आप तो कई लोग हैं और वे सब गिनती में कम हैं, फिर भी? उन्होंने उन तीनों से मार-पीट की और नीलिमा को छुड़ा लिया। सुकेश का भांजा भी था। उसकी विडिओ की दुकान थी–'

'फिर.....?'

'सुकेश ने उसे ही गिरफ़्तार करा दिया। थाने के हवालात से मैंने ही उसे छुड़ाया। लौटकर वह गुम मारे बैठा रहता।

'क्या इसी का नाम स्वाधीन भारत है?' वह पूछता रहा, 'अब मैं यहां नहीं रहूंगा। अब मैं गांव जा रहा हूं। देखूं, वहां क्या हो रहा है?'

'उसके बाद, वे फिर कभी नहीं आए?'

'नहीं, उसका ख़त आता रहता था—गांव में रोशनी नहीं है, ज़हरीला धुंआ भर गया है। ज़मीन्दारी-प्रथा जड़ जमाये बैठी है, अभी भी ख़त्म नहीं हुई। ज़मीन्दार लोग जैसे थे, वैसे ही हैं, बल्कि राजनीति के ज़ोर पर, उनलोगों की क्षमता और बढ़ गई है।'

अपने बाऊ जी से इतनी-इतनी बातें करने का वक़्त, अमिय को पहले कभी नहीं मिला था।

ख़ैर, वक़्त था भी नहीं, बाऊ जी की बहनों का नाम था—भानुसुन्दरी उर्फ़ वेनी, मृणाल लतिका उर्फ़ मेनी, निर्मल सुन्दरी उर्फ़ नोमी। बाऊ जी सबसे बड़े थे।

वेनी बुआ की सब बेटियां ही बेटियां थीं।

बुआ का बहुत मन था कि वे अमिय को दत्तक ले लें। खगड़ा के मकान में हिस्सा और बान्धन वासनालय उसके नाम कर दें। उसका शादी-ब्याह कर दें, उसे दुकान पर ला बैठाएं, उसके साथ घर-संसार चलाएं। उस घर में अनंग काका, एक महान् व्यक्ति थे। पहले कांग्रेस में थे, अब कम्युनिस्ट हो गए थे। सन् चौसठ में वे सी पी एम थे और सन् सड़सठ में वे एम एल हो गए। कृषक संगठन के बाद, बीड़ी श्रमिक यूनियन, मत्स्यजीवी यूनियन—इन सबमें वे हमेशा सक्रिय रहे। जब वे जेल में होते, उनके घर के निजी हिस्से में नौजवानों की सभा, अड्डा जारी रहता था। इसमें भला अचरज की कौन-सी बात थी कि अमिय उनका भक्त बन गया? अमिय इकहत्तर में गिरफ़्तार कर लिया गया और सन चौहत्तर में, बीमार सेहत की वजह से रिहा कर दिया गया। सन् पचहत्तर में फिर गिरफ़्तार कर लिया गया, सन् सतहत्तर में फिर मुक्त हो गया।

सन् उनहत्तर में अपने दूर्वा से ब्याह कर लिया। बुआ के यहां, उनके दूर और क़रीबी, सभी तरह के रिश्तेदार रहा करते थे। दूर्वा किस रिश्ते में उनके जेठ की बेटी थी, अमिय को यह पहेली आज तक समझ में नहीं आई।

दूर्वा कॉलेज में पढ़ाती थी। उन दिनों अमिय राजनीति करता था। इसी दौरान, सन् उनहत्तर में उसने दूर्वा से ब्याह रचा लिया।

इस विवाह ने बुआ का दिल तोड़ दिया, 'उस मुंह-जली का तो न रंग गोरा है, न बाप की दौलत है। पता नहीं कौन-सा मन्तर मारा कि मेरे सोने के चांद जैसे भतीजे को फांस लिया!'

वे तो अनंग को भी बुरा-भला कहने से बाज़ नहीं आईं।

'खुद तो सांड़ कार्तिक बने रहे। जवान-जवान छोकरों को खूब बढ़ावा देते हो। मेरा तो सर्वनाश कर डाला। मेरे भइया ने मुझ पर भरोसा करके, अपना बेटा मुझे सौंप

दिया था, वह क्या इसलिए कि उस जैसी लड़की, उनकी बहू बने?'

अनंग एकदम से अचकचा गया।

'भउजी, इसमें आपको या हमें क्या फ़र्क़ पड़ता है? काफ़ी दिनों का मेलजोल था, ब्याह नहीं करता? उसके कई दोस्तों ने अपना-अपना विवाह कर लिया। ये लोग शरीफ़ बच्चे हैं।'

'आपने खुद तो ब्याह किया नहीं, आपको क्या समझ?'

लेकिन अमिय के बाऊ जी ने सारा कुछ सम्भाल लिया। उन्होंने बुआ से कहा कि उनके बेटे का ब्याह करा दिया, उन्होंने यह बहुत बड़ा काम किया। अर्से बाद, इस घर में कोई अच्छा काम सम्पन्न हुआ। अब वे बहूरानी के लिए सत्यभामा स्कूल में, एक अदद नौकरी का इन्तज़ाम कर देंगे।

अनंग ने कहा, 'चलिए, भउजी, मैं और आप चलकर, उन दोनों को आशीर्वाद दे आएं।'

आख़िरकार बुआ मुर्शीदाबादी सिल्क, सोने में मढ़ा हुआ हाथीदांत का कंगन लेकर नसीरगंज जा पहुंची। अनंग ने सिर्फ़ अपने को हाजिर किया।

बुआ ने अपने भइया से कहा, 'नसीरगंज में भला कोई रहता है? यहां सब बेच-बाचकर चलिए, बहरामपुर, चलिए। वहां मैं अच्छा-सा मकान खरीद दूंगी।'

'ठीक है, सोचता हूं!'

'बहुरिया को क्या दिया?'

'देना क्या था?'

'भाभी के सारे गहने?'

'वे तो कल्याणी प्रेस में समा गए।'

'उतने सारे गहने?'

'इन्सान चला जाता है, गहने भला टिकते हैं?'

'फिर भी घर तो है, धान-खेत तो है। यह सब भी क्या कम होते हैं?' बुआ ने कहा।

बाऊ जी हंस पड़े।

'अरे, वेनी, वह सब ज़मीन-खेत तो जाने कब ही बह-बिला गया। यह क्या आज की बात है?'

'गहने सब तुमने दिए किसे?'

'जो लोग खेती-बारी करते थे, उन्हीं लोगों को।'

'वह सब, अब वापस नहीं मिलेंगे?'

'उनके नाम लिखा जा चुका है—'

'तुमने ऐसा क्यों किया?'

'मैं न करता, तो लल्ला कर देता। जुबान से तो मैं यह कहता फिरूं कि जो हाथ खेती करते हैं, ज़मीन उनलोगों की और काम के वक़्त मैं अपनी ज़मीन दबाए रखूं, ऐसा

कैसे संभव है'

'मैं तो सोच भी नहीं सकती, भइया....'

'ख़ैर, तू फिक्र मत कर—'

'और...सामड़ा के बिल...?'

'अनंग ने तो जाने किसी निकीरी हालदार को समवाय करा दिया। वह समवाय हालांकि टिका नहीं, अगर टिक जाए, तो गनीमत है।'

'तुमने यह सब क्यों किया, भइया?'

'कहा न, अगर मैं न करता, तो मुन्ना करता। रतन कापाली ने अपने तीन बीघे ज़मीन दे डाले। जदू बाबू ने तो अपना सारा का सारा हिस्सा ही सौंप दिया। मैंने भी. ...अब अनंग को ही देखो न!'

'देवर जी की बात अलग है। उसने शादी-ब्याह नहीं किया....भइया! वो जो ढ़ेर सारे बर्तन थे....?'

'सब कुछ था, वेनी, अब नहीं रहा।'

'मैं तो सोच भी नहीं सकती थी....'

'कहा न, तू परेशान न हो। तू आ गई....लल्ला की मां की जगह तूने ही ली थी। अब उन दोनों को आशीर्वाद दे। खाना-वाना पकाकर खिला। बहनों में, खाना पकाने में, तेरा ही हाथ सबसे अच्छा था। सुन, मुन्ना, ज़रा बाज़ार चला जा। सुन, वेनी, तू मां की तरह, सुक्तो बना सकती है?'

'खाना मैं पकाऊ?' अनंग ने पूछा।

'ना, अनंग, ना!' बाऊ जी ने मना कर दिया, तुम्हारे हाथ पका-पकाया खाना, हमने ढ़ेरों खाया है।'

'बुआ पूछ रही थीं, रसोईघर तो काफ़ी साफ़-सुथरा और व्यवस्थित है। खाना कौन पकाता है?'

बाऊ जी हसंते-हसंते लोटपोट हो गए।

'कितने ही दिन, मैं खुद ही पकाता-खाता रहा! अपने ही हाथों से....'

'मुझे तो कोई भी खबर नहीं।'

'आपको कहां से ख़बर लगती, भउजी? कहां नासिरगंज...कहां बहरामपुर! ऐसी भूली-भुलाई रहती हैं, जैसे विलायत में रहती हों। आप कभी यहां आती भी हैं?'

बुआ ने लम्वी उसांस भरी!

'अगर आती, तो भइया परेशान ही होते। कितने दिन गुज़र गए, भाभी नहीं रहीं। अब तो आंखों में उनका चेहरा तक धुंधला गया है। अगर मैं आती भी, तो मुझमें हज़ारों तरह के छुआछूत का झख भी है, देवर जी! इस घर में तो किसी ने मंत्र-दीक्षा भी नहीं ली। यहां का पानी भी शुद्ध नहीं है।'

'वेनी, यह सब तू क्या बकवास कर रही है? इतनी पिटपिटिया तो दादी भी नहीं थीं।'

'इसीलिए तो मैं बहरामपुर छोड़कर, बाहर नहीं निकलती, भइया। किसी आन-देश घूमने-फिरने तक नहीं जाती।'

अनंग ईषत् हंस पड़ा, 'यही गनीमत है। जब भी आता हूं। भउजी एकदम फिटफाट नज़र आती हैं।'

'छोड़िए! छोड़िए! अपनी कीर्ति-कथा तो रहने ही दीजिए।'

'हां, किसी दिन इस सड़क का नाम, अनंगपुर रोड हो जाएगा। क्यों? आप क्या कहते हैं, मणि बाबू? यह नाम देना ही होगा। आख़िर किसके लिए पुलिस इतनी-इतनी बार इस सड़क पर दौड़ी चली आती है?'

अमिय को याद आया, अनंग मोहन लेन भी आज तक नहीं बनी।

अनंग ने मौत से पहले यह हिदायत दी थी, 'नो रोड! नो स्टेच्यु। तुम लोग मुझसे वादा करो—' उसने अपनी धुंधलाती हुई निगाहों से चारों तरफ़ देखते हुए कहा था, 'जेल में गोलियां चल रही हैं, उनकी आवाज़ें तुम लोगों को सुनाई दे रही हैं? रिपोर्टरों, पत्रकारों को फौरन ख़बर करो। वे लोग यह ख़बर छाप देंगे। चलो, शुक्र है, तमाल पकड़ा नहीं गया....तमाल बच जाएगा।'

लेकिन....तमाल ने तो तभी दम तोड़ दिया था, जब पहली बार गोली चली थी। तमाल के पकड़े जाने की संभावना भी नहीं थी। वह तो उस जिले में ही नहीं था। उसे 'सॉलिटरी' सेल में रखा गया था। क़रीब के ज़िले से उसे बहरामपुर लाया गया था। जब एक-एक करके लाशें बाहर निकाली जा रही थीं, सुनन्दा मल्लिक ने ही शोरगुल मचाकर, मृतक लोगों की तालिका मंगायी। सुनन्दा मल्लिक—राजनीतिक पार्टी में समाज सेविका! साहसी शिक्षिका थीं। सुनन्दा वगैरह तमाल की समर्थक बेशक नहीं थीं, लेकिन उन लोगों ने उसे गिरफ़्तार भी नहीं कराया था, न ही मार-पीट की थी। उसके और उसके साथियों की निष्ठा और साहस के प्रति उनके मन में श्रद्धा ही थी। सुनन्दा ने ही ख़बर ही दी कि तमाल अब नहीं रहा।

लेकिन सन् सत्तासी में, तिहत्तरसाला, रोग-जीर्ण, मृत्युपथ यात्री, अनंग मोहन, 'कोमा' की बेहोशी में डूबने से पहले, सन् सत्तर के दशक में भटक रहे थे।

'तमाल का नाम तो लेंगे ही। तमाल को भला कौन भूल सकता है?'

तमाल! बेहद विनम्र! धीमी-धीमी आवाज़ में बातें करता था। तमाल! तमाल! होशियार रहा करो।

'धत्त्! मुझे कौन पकड़ेगा? क्यों पकड़ेगा? मैं उन्हें दिखाई दूंगा, तभी न पकड़ेंगे।'

अनगिनत जाने-पहचाने चेहरे, अमिय की यादों के खूनभरी राह से होकर, क़तार-दर-क़तार गुज़र गए। उन्होंने उसे आवाज़ तक नहीं दी।

आवाज़ें क्यों देने लगे भला? आना चाहते हो, तो आ जाओ, हमारे साथ। अगर न आ सको, तो पूरे विश्वास के साथ, अपना-अपना काम करते रहो। आजकल समय

बेहद विकट है। अब वह समय आ पहुंचा है, जब सबको अपने-अपने तरीके से सोचना होगा। ना, वे गुज़रे हुए लोग, उसे आवाज़ तो नहीं देते, मगर जैसे ही, अमिय प्रेस की मेज से टिककर बैठता है, बाबू को आवाज़ देकर चाय लाने को कहता है, पुराने दिनों की, गुज़री हुई यादें, फ्लैश-बल्ब की तरह खट् से रौशन हो जाती हैं। ना, कुछ भी नहीं भूला मैं! अमिय उर्फ़ जीवन उर्फ़ टुकू! अमिय की याद्दाश्त की तो तुम लोग तारीफ़ किया करते थे।

ना, मैं कुछ भी नहीं भूला! मैं अपने काम में लगा रहा!

हां, कामकाज का तरीका बदल गया है।

हां, तो उस दिन, सन् उनहत्तर में, अमिय बाज़ार कर लाया था। उन दिनों भी बाऊ जी के सहयोगी, काली बाबू ही थे।

बुआ ने सात तरह के व्यंजन तैयार कर दिए। दूर्वा ने तो पहले भी अपनी काकी-मां को खाना पकाने में मदद की थी, उस दिन भी सारा सामान जुटाने में उसी ने हाथ बंटाया था। बाऊ जी, अनंग काका, काली बाबू और अमिय, ऊपर के कमरे में बिछी बेंच पर जमकर बैठ गए। नई मुर्शीदाबादी साड़ी और हाथीदांत का बाला पहनकर, बुआ की देखरेख में, दूर्वा ने सबको खाना परोसा।

वापस लौटने से पहले, बुआ ने अपने गले से बारहमासी हार उतारकर, दूर्वा को पहना दिया।

'तुम्हें जो मिला है, वह अनमोल है! अमूल्य धन है।' बुआ ने कहा, 'ससुर की सेवा करना, मुन्ना को देखना। इस घर की लक्ष्मी अब तुम्हीं हो।'

उन्होंने बाऊजी से भी गर्व के लहजे में कहा, खाना पकाना जानती है। अपने यहां सभी लड़कियों को पहले मैं यही शिक्षा देती हूं। चाहे जितना भी फटर-फटर करो, जुलूस निकालो, दीवार पर कागज चिपकाओ, औरत को खाना पकाना तो आना ही चाहिए और, मुन्ना, तू बहुरिया को लेकर आना। ख़बर देकर आना। पांच जन को बताना तो होगा वहां लोग मेरे नाम छिः छिः कर रहे हैं। लड़की इतने दिनों आपसे पास रही, ब्याह तो तुम्हें ही करना चाहिए था।

'हां, आऊंगा, बुआ!'

'मैं भी...किसे समझाऊं, कैसे समझाऊं कि ऐसे लड़कों का ब्याह किया नहीं जाता, ये लोग अपना ब्याह खुद कर लेते हैं। सुप्रकाश, झिट्के, मुन्ना–सबने नहीं किया...'

अनंग ने कहा, 'भउजी, झिट्के नहीं, ज्योर्तिमय! ऐसा सुन्दर-सा नाम....'

यह ज्योर्तिमय, सागर, तरंग–यह सब मैं नहीं जानती, भइया। मैं तो हमेशा से यही सुनती आई हूं कि लावण्य मास्टरनी के तीन बेटे हैं–झिट्के, सिट्के, चिट्के।'

वे लोग चले गए। बाऊ जी ने कितना-कितना मनाया, मगर वे नहीं रूकीं। उनका पूजा-पाठ था। लाख नाम-जप था। इसके अलावा फूफा रात को सूखी-पिस्सी मानकच्चू की रोटी खाते थे। रात के वक़्त उन्हें इसी रोटी की आदत थी और यह काम

किसी और के बूते में नहीं था।

'यह अनंग कहां खाता है?'

'मेहरबानी हुई, तो घर में और मेहरबानी नहीं हुई, तो....'

अनंग ने बताया था, रसोई असल में औरतों का जेलखाना है। उनकी भउजी यह मानने को राजी नहीं थीं।

'राजी कैसी होती? ब्याहकर इस मकान में आई, आते ही कलछी-झंझरी थाम लिया। अब इतने सालों की आदत भला जा सकती है? मकान में ऊपर-नीचे चार-चार कमरे। इसके अलावा नल-घर, पखाना, रसोईघर। अनंग की मां की जिद पर, अनंग के पिता ने अपने जीते-जी ही मकान का बंटवारा कर दिया। अनंग भले राजनीति करता रहे, जेल काटे, मगर अपने हिस्से से बंचित क्यों होगा? मकान आख़िर किसका है? अनंग की मां का। अनंग की मां, अपनी मां की इकलौती सन्तान थीं। उसे अपनी नज़रों से ओट नहीं कर सकती थीं, इसलिए उन्होंने घर-दामाद बना लिया था।

अनंग के हिस्से में मकान की छत और एक अदद नीम का पेड़ भी आया था। घर के विद्यार्थी वहां पढ़ाई करते थे। अमिय ही क्यों, और भी अनगिनत लड़कों ने राजनीति की दुनिया में पहला क़दम, इसी मकान से रखा था। इस मकान में तरह-तरह के लोग आते थे। लोगों का जुलूस लगा रहता था। इससे भी इन्कार नहीं किया जा सकता कि वहां जो लोग आते थे, साथ-साथ उठते-बैठते थे, बातचीत करते थे, उनमें से अनगिनत नौजवानों ने एक-दूसरे से विवाह भी कर लिया। उनमें कुहेली भी थी। वह विवाह की सख़्त विरोधी थी।

जब उसने सागर से विवाह कर लिया, अनंग काका ने लंबी उसांस भरकर कहा,-'चलो, अब घर के दरवाजे पर एक बोर्ड लगा दो—विवाह विशारद! कमाल है! कुहेली तो 'तू चुप कर तो'—इस जुमले के अलावा, सागर से और कोई बात नहीं करती थी।

सुप्रकाश ने भी लम्बी उसांस भरकर कहा, 'सारा कुछ ठीक ठाक ही रहता है, अनंग'दा। लेकिन, आपके घर की छत पर पहुंचकर, नीम पेड़ की छांव में खड़े होते ही, जाने क्या तो हो जाता है हमें! सबके सब ब्याह रचा डालते हैं, अनंग दादा! अनंग, सुप्रकाश के पिता के भी दादा थे; सुप्रकाश के भी दादा थे, सुप्रकाश के बेटे, सौती के भी दादा थे।

वैसे सुप्रकाश सिर मुड़ाकर ही आया था। वह उम्र में बड़ा था, उन दिनों की कॉलेज में पढ़ाता था। अरुणा स्कूल में पढ़ाती थी। बचपन का प्यार, अन्त में विवाह। सुप्रकाश ने पहले 'मोहना' अख़बार निकाला, उसके बाद 'नव-तरंग' और उसके बाद 'द्वान्दिक'। 'द्वान्दिक' अख़बार के बाइस साल पूर्ति के जश्न में अमिय भी शामिल हुआ था। अब तो बहरामपुर भी ख़ासा अजनबी हो आया है। कलकत्ता शहर और डायमंडहार्बर का कस्बा भर बन कर रह गया है।

सुप्रकाश बिल्कुल पहले की तरह ही है। 'द्वान्दिक' पत्रिका के साथ-साथ, अब वह 'जिला निरीक्षा' पाक्षिक पत्रिका भी निकालने लगा है। अमिय अब, बहरामपुर से

प्रकाशित चंद मशहूर अख़बारों में नसीरगंज का निजी रिपोर्टर है। जिला के वार्ताजीवी संगठन में भी शामिल है। इन्हीं सब वजहों से, नसीरगंज थाने में अभी भी वह 'नज़र रखना जरूरी' किस्म का शख़्स है। हालांकि सुना गया है कि शहर में उसका काफ़ी मान-सम्मान है। कल्याणी प्रेस और मणिबाबू, इस शहर के पुराने प्रतिष्ठान हैं।

यहां अब जितने भी लोग अख़बार निकालते हैं, कविता, नाटक लिखते हैं, सांस्कृतिक क्लब करते हैं। विज्ञान चेतना आन्दोलन से जुड़े हैं–सब अमिय के पास आते हैं, 'वार्तावह' को पसंद करते हैं।

लेकिन ये लोग नई पीढ़ी के थे। इनलोगों को अतीत की कोई ख़बर नहीं थी।

अभी पिछले ही दिन कोई सवाल कर बैठा, 'सर, आपके पिता जी की जन्मशती तो क़रीब ही है न?'

अमिय ने जवाब दिया, 'ना, भइये, मेरे बाऊ जी अगर ज़िन्दा होते, तो उनकी उम्र पचहत्तर वर्ष होती।'

'अब तो वे स्वर्गीय हो चुके हैं न?'

'सन् अठहत्तर में। चौसठ साल की उम्र में।'

बीस साल नौजवान के लिए चौसठ की उम्र, काफ़ी लम्बी उम्र होती है।

'यानी ग्रैंड ओल्ड मैन!'

हां, यह भी एक घटना ही है, आजकल के नौजवानों में लगभग नब्बे प्रतिशत, असुरक्षा के शिकार हैं। पूरी की पूरी एक पीढ़ी यह महसूस करती है कि राज्य, राष्ट्र, नौकरी, कल-कारखाने, स्वनियुक्ति के कामकाज, विविध योजनाओं में उनके लिए कहीं, कोई जगह नहीं है। वे लोग निरे फालतू हैं। अगर वे न भी पैदा हुए होते, तो चल जाता। सिस्टम ने उन्हें ख़ारिज कर दिया है।

अमिय की पीढ़ी की यही महसूस करती है। पिछली पीढ़ी उन्हें समझ ही नहीं पाई। यह सड़े-गले, हिंस्र-निर्मम सिस्टम ने उनलोगों को ख़ारिज़ कर दिया है। प्रतिवाद की आवाज़, मानो विद्रोह की आवाज़ हो। विद्रोह का अर्थ ही है, जड़ से समूल नष्ट कर दो।

इस बोध से ही तो, पिछले दशक में, एक अदद निरंजन शुभ्र क्षोभ ने जन्म लिया था। इस क्षोभ ने ही अमिय जैसों को सही राह की पहचान कराई थी। सिस्टम बदल दो। उस आज़ादी को निर्वासन से लौटा लाओ, जो इन्सान को शान से सिर उठाकर, जीने का अधिकार देती है; जो आज़ादी वर्ग-विभाजन नहीं मानती।

इस क्षोभ की मशाल जलाकर, वे लोग दौड़ पड़े थे, और इन्सानी जुलूस में शामिल हो गए थे।

इन्सानों से जुड़ गए थे।

लेकिन सिस्टम ने दो-दो तरुण पीढ़ी को मनमाने ढंग से, यथासंभव ग़लत राह पर....कुपथ की ओर धकेल दिया है।

आज के नौजवान अपने को फालतू मानते हैं। वे क्षुब्ध-क्रुद्ध हैं।

लेकिन न उन्हें राह मिलती है, न आश्रय नसीब होता है। इसी क्रोध की वजह से, नई पीढ़ी का एक हिस्सा, समाज-संसार-इन्सान, सबके सब आस्था खो देते हैं। समाज-दुश्मन हो जाते हैं। उस लाइन में पैसा बटोरते हैं, मान-इज़्ज़त पाते हैं।

दूसरा हिस्सा, राजनीति में घुला-मिला होता है, मगर हर वक़्त यह महसूस करता है कि राजनीति में काम कम और बतकही ज़्यादा होती है।

एक हिस्सा, बिना कुछ पढ़े-जाने ही राजनीति में कूद पड़ता है। उनके लिए राजनीति, भविष्य में ऐशो-आराम सुनिश्चित करने का कैरियर होता है।

एक हिस्सा क्षमता का स्वाद पाकर संत्रास फैलाने पर उतर आता है। वे लोग निरे बेपरवाह और उद्धत होते हैं। कमोबेश सभी दलों में यह सब होता है, किसी में कम, किसी में ज़्यादा। इसके बावजूद, एकाध हिस्सा अपना आन्दोलन जारी रखता है। एक हिस्सा स्वस्थ संस्कृति, स्वस्थ साहित्य, विज्ञान चेतना के क्षेत्र के कामों में जुटा रहता है।

एक हिस्सा ऐसा भी होता है, जो सिर्फ़ ख़ानापूर्ति करता है, इम्तहान में बैठता है, कोशिशें करता रहता है और वृहद अंश, कम से कम इस शिल्पहीन, कलाहीन ज़िले में, अपने खेतों में मेहनत-मशक्कत करता है, ज़मीन पट्टे पर देता-लेता है, खेत-मजूरी करता है, काम की खोज में भटकता फिरता है।

अमिय सारा कुछ देखता रहता है।

यहां के तरुण नौजवान अतिशय तरुण हैं।

गांव के नाई तक हिन्दी फिल्मों में नालों की नक़ल में लोगों के बालों की छांट देना सीख गए हैं। नौजवानों के बालों की छांट देखने लायक है।

इन नौजवानों ने अमिय को भी बूढ़ा मान लिया था। सभी उसे 'सर' कहकर सम्बोधित करते थे। इसकी अहम वजह यह थी कि एम ए पास न करने के बावजूद, अंग्रेजी ऑनर्स करने के ज़ोर पर, नसीरगंज बॉयेज अकादमी में सन् चौंसठ से सन् उनहत्तर तक ऊंची क्लास में अंग्रेज़ी पढ़ाता था। सन् सतहत्तर में जब वह जेल से निकला, तो उस स्कूल में जगह नहीं मिली। ख़ैर, अपने उस स्कूल में दुबारा जगह पाने की कोशिश भी नहीं की।

बाऊ जी ने दूर्वा को घर पर बिठाए नहीं रखा। उनकी बातों की सच ही क़ीमत थी। सत्यभामा बालिका विद्यालय में उसकी नौकरी पक्की हो गई।

शुरू-शुरू में दूर्वा प्राथमिक विभाग में पढ़ाती थी। इस दौरान खुद अपनी कोशिश से उसने इतिहास में ऑनर्स कर डाला, बाद में बी. एड. भी पास कर लिया। आज भी वह अपने स्कूल में एक 'ऐसेट' यानी अनमोल निधि समझी जाती थी।

वैसे वह घर में भी छात्राओं को पढ़ाती थी। उसमें गणित पढ़ाने की योग्यता है; विशुद्ध अंग्रेजी का भी ज्ञान है। अमिय जब जेल में था, अमिय के बाऊ जी ने दूर्वा को बड़े एहतियात और जतन से अंग्रेज़ी भाषा में पारंगत कर दिया।

उन्होंने समझाया, 'आजकल अंग्रेजी को बहुत ज़्यादा अहमियत दी जाती है। इसके सहारे तुम्हें सहूलियत होगी।'

उसी वक़्त के लिए, अमिय, दूर्वा का बेहद अहसानमंद है। बाऊ जी का काफ़ी जतन मिला; सेवा-टहल मिली। घर में एक पार्ट टाइम व्यक्ति खाना पकाता था, अन्य एक व्यक्ति और-और काम करता था।

कल्याणी प्रेस के लिए टाइपकेस खरीदने के लिए, बुआ का दिया हुआ हार, रेहन रखकर, दूर्वा रुपए ले आई। बाऊ जी से उसने प्रूफ़ देखना भी सीख लिया।

अमिय ने कहा, 'तुम जो ऐसी सुधर गिन्नी हो, यह मुझे पहले तो पता नहीं था।'

'हां, मुझे खुद भी पता नहीं था। हां, तुम्हें स्कूल से रुपए मिलेंगे न? मुझे दोगे?'

'बेशक, ले लेना। करोगी क्या?'

'घर की मरम्मत के लिए मिस्त्री ज़रूरी है। दरवाजे-खिड़कियां तो बिल्कुल सख़्त-पुख़्ता हैं। मगर इस बार रंग न कराया, तो....'

दूर्वा ने ही किराएदारों के लिए आंगन का इस्तेमाल बंद कर दिया। वह मकान तो खाली नहीं करा पाई, लेकिन उसने साफ़ कह दिया, 'तीन पैसे किराए देते हैं, इसलिए मरम्मत वगैरह खुद कराएं। पहले किराया बढ़ाएं। मकान-मालिक सारी मरम्मत करा देगा।'

दूर्वा हर तरह से भली थी।

सिर्फ़ उसके अन्दर का इन्सान बदल गया था।

सन् पचहत्तर में अमिय, दुबारा गिरफ़्तार हो गया। सीतू के जन्म के समय, वह जेल में था। बाऊ जी ने किसी को भेज कर, उसे ख़बर की थी। उन्होंने चिट में लिखा–'अमिय और दूर्वा की बेटी को, अदिति नाम दिया है। यह नाम शायद इसलिए कि उसका चेहरा तुम्हारी मां से मिलता है। वे दोनों सकुशल हैं। तुम फ़िक्र न करना।'

ख़ैर, फ़िक्र करके भी वह क्या कर पाता?

सन् सतहत्तर में, जब वह जेल से रिहा हुआ, बाऊ जी, दूर्वा और सीतू, सभी उसे लेने पहुंचे थे। तब तक अदिति 'सीतू' बन गई थी। बाऊ जी काफ़ी झूल गए थे। अनंग' दा भी मेरे साथ ही रिहा हुए थे। हम सभी लोग बुआ के यहां ही पहुंचे।

दूर्वा ने दो-तीन बार बताया, बुआ ने सीतू को सोने की रूली दी थी। उसी बार बाऊ जी को डॉक्टर दिखाया गया।

डॉक्टर ने कहा, 'रोग तो कोई नहीं है। क्यों, बहुत दिनों से सिर चकराता है?'

'प्रेशर लो हो जाता है। इन दिनों तो ठीक ही है।' बाऊ जी के बजाय, दूर्वा ने जवाब दिया।

'अच्छी-अच्छी चीज़ें खाया-पीया करें; आराम किया करें।'

'बुआ ने कहा, 'बस, बेटे की फ़िक्र करते-करते ही....उसे, कभी अपने पास तो पाया नहीं....'

'नींद पूरी होती है?'

अनंग ने पूछा।

'नींद बहुत कम है।'

'सुनो, शुशनी का साग....'

बुआ बीच में ही बोल उठीं, 'आप तो चुप ही रहें, देवर जी! आपकी हिदायत पर बेल की छाल, अर्जुन पेड़ की छाल, अश्वगंधा की जड़, शुशनी साग पीसते-पीसते, कभी मेरा पूरा हाथ घिस गया। बेटे की गैर मौजूदगी में मां होमियोपैथी दवा लेती थीं, बेटे के आते ही टोना-टोटका शुरू हो जाता था।'

'टोटका तो बहुत अच्छा होता है, भउजी।'

'आजकल हर रोग-तकलीफ़ की दवा निकल गई है। दूर्वा बेटी सम्भाले, नौकरी भी करे, उस पर से यह सब भी करे, उसे इतनी, फ़ुर्सत कहां है?'

खाना-वाना पकाकर, सबको खिलाने-पिलाने के बाद, सीतू को अमिय की गोद में बिठाते हुए बुआ ने कहा, 'बहुत हुआ, लल्ला! बाप को बचाना चाहते हो, तो अब थिर होकर घर बैठो। चौंतिस साल के तो हो गए, अब कब तक? मैं तो देवर जी से भी कहती हूं, बहुत हुआ, अब और नहीं। घर की हालत भी समझ नहीं रहे हैं? जितने दिन मैं ज़िन्दा हूं, बस, तभी तक। मेरी तो, चलो, बेटियां हैं। आपके मंझले भइया के बेटों को यह सब बिल्कुल पसन्द नहीं है। अब आप थिर रहें।'

'हां, विजित...सुजित तो....ख़ैर, आप परेशान न हों, भउजी!'

अनंग बाबू! अनंग बाबू!

इस बार जेल जाते हुए उन्होंने कहा, 'अंग्रेजों के ज़माने में इसलिए जेल गया, क्योंकि मैं कांग्रेसी था, बाद में इसलिए गया, क्योंकि मैं कम्युनिस्ट था। सन् पचहत्तर में तो हद ही हो गई। इस बार मुझे नक्सल कहकर जेल में ठूंस दिया गया। मैं, अनंगमोहन। पार्टी की तौर पर मार्क्सवादी। उसके बाद सन् सड़सठ से....ख़ैर, चलिए, छोड़िए।'

'अनंग, बेहद आत्मसम्मानी जीव।'

उन्होंने आज़ादी के योद्धा का पेंशन भी कभी क़बूल नहीं किया।

उनका सीधा-सपाट जवाब था, 'हमने इस आज़ादी का सपना नहीं देखा था। ऐसी आज़ादी के लिए मैं पेंशन नहीं ले सकता।'

चूंकि उन्होंने दुकानों में अपना हिस्सा नहीं लिया था, इसलिए बुआ की रसोई में ही उनका भी खाना-पीना चलता था। इस बार सुप्रकाश से कहकर उन्होंने अपने हिस्से की पहली मंज़िल, किसी बैंक कर्मचारी को किराए पर उठा दिया। छः सौ रुपए किराए। उनके लिए यही रकम काफ़ी थी। ऊपर की मंज़िल में वे स्टोव और हांड़ी-बर्तन ख़रीद लाए। पुरानी नौकरी के पोते को अपने यहां रख लिया।

'मेहनत करेगा, खाएगा, स्कूल जाएगा और यहीं रहेगा।'

बुआ-फूफा ने काफ़ी एतराज जताया। अनंग ने एक न सुनी।

'सुनो, भाई-भउजी, यह इन्तज़ाम बेहतर है। विजित कहने लगा, छोटे काका, इस बासु के बच्चे की ले तो आए। देखना, अंत में यह घर पर अपना दावा न ठोंक दे।'

'घर पर दावा किसका है?'

'भाइयों के बेटे-बेटियों का!'

'चलो, निकलो यहां से—'

'जी?'

'निकल जाओ! अब इस दरवाजे से अन्दर, कभी क़दम न रखना।'

अनंग ने सुप्रकाश, ज्योर्तिमय, अमिय—सबके नाम ट्रस्ट बनाकर, दान-पत्र लिख दिया। दान-पत्र का बयान काफ़ी संक्षिप्त था।

ये लोग सबसे ऊंचे दाम में, किराएदार समेत यह मकान बेच दें। प्राप्त राशि से वासुदेव मंडल की मां को पांच हज़ार रुपए दे दिए जाएं। 'कल्याणी प्रेस' को दस हज़ार रुपए दे दिए जाएं। स्वर्गीय रतन कापाली की विधवा पत्नी, गयामणि कापाली, गांव और डाक-आटला, थाना नारायणगंज को पांच हज़ार रुपए दे दिए जाएं। बाकी रुपयों से मेरी आत्मकथा की दस हज़ार प्रतियां छपाई जाएं और बिना क़ीमत के, उन्हें लोगों में बांट दी जाएं। उसके बाद, जो रुपए बचे रहें, उन्हें बच्चों के अस्पताल को दान कर दिया जाए।

दान-पत्र की रजिस्ट्री भी हो गई।

जाने किसने तो कहा, 'आपकी याद में अगर कुछ.....'

'अगर कोई यादगार बनाना चाहे, तो वह अपनी तरफ़ से, अपनी कोशिशों से करेगा।'

जहां तक मुझे नज़र आया है, इस शहर में यादगार की रक्षा के बारे में कहीं, कुछ नहीं होता। उतने सारे जवान-जवान लड़कों ने जेल में दम तोड़ दिया। चिट्‌के की उम्र कुल पन्द्रह साल थी। उसके नाम से इस शहर में एक फलक तक नहीं है। मेरी नानी ने अपना सारा कुछ मेरी मां को सौंप दिया। मेरी मां ने सारा कुछ मुझे दे डाला, मैंने जो बेहतर समझा, वह किया।

कितने दिनों की बात है?

सन् सतहत्तर में मैं जेल से बाहर आया।

सन् अठहत्तर में बाऊ जी ने आख़िरी सांस ली।

सन् उन्यासी में अनंग बाबू का निधन हुआ।

बाऊ जी की मौत आकस्मिक थी।

अनंग ने काफ़ी भुगतकर दम तोड़ा।

उनके निधन के बाद, सद्यमान बसु ने कहा, 'मछली नहीं, दूध नहीं, सिर्फ़ भात खाते थे। मुझे रोज़ाना दूध देते थे।'

वे तो उलटे लेटे-लेटे, सिर्फ़ किताब लिखते थे।

हां, तीन जगह, डेढ़ सौ रुपए मनिऑर्डर भेजते थे। मनिऑर्डर मैं ही करता था। अमिय वगैरह ने वे नाम पढ़े थे।

सरल सरदार, पिता, स्व. हरिराम सरदार, गांव : खैरापुर, ऐट पी. ओः नवग्राम, जिलाः वर्धमान।

मलिना दासी, बेवा, स्व. छयकौड़ी माल, गांव : बेलेहाटी, डाक : कुसुम :

बेलेहाटी, मुर्शीदाबाद।

सतीपति सरदार, पिताः स्व. खगराज सरदार, गांव : महामुनी, डाक : मेजे महामुनी, मुर्शीदाबाद।

अनंग के लिए आयोजित शोक सभा में यह दान-पत्र पढ़ा गया। ज़िले के प्रायः सभी अख़बारों में यह दान-पत्र छापा गया। 'मुक्तकंठ', और 'तूफ़ान' ने उन मनिऑर्डर के पाने वालों के वक्तव्य भी छापे। उन्होंने किसी ज़माने में इन लोगों के साथ, किसान आन्दोलन में हिस्सा लिया था।

मत्स्यजीवी लोगों ने और बीड़ी श्रमिक यूनियन ने अलग-अलग मीटिंग की।

उनकी मौत के बाद, उनके बक्सों से छोटे-छोटे चिटों के ढ़ेर बरामद हुए।

'सुनो, अमित, 'वार्तावह' हमेशा सच्ची हकीक़त प्रकाशित करे।'

'सुप्रकाश पांडुलिपि अपनी हिफ़ाजत में रखना। कागज़ बढ़िया हो और किसी बड़ी प्रेस में छपाना। आमों की एक फेहरिश्त संलग्न है। इन लोगों की किताब ज़रूर भेजी जाएं। यह संस्करण मुफ़्त वितरित किया जाए।'

'हां, भविष्य में अगर दूसरा संस्करण निकले, तो उसे 'द्वान्दिक' प्रकाशित करेगा। लेकिन, मेरा ख़्याल है कि इसकी ज़रूरत नहीं पड़ेगी।'

'मेरा क्रिया-कर्म धार्मिक या शास्त्रीय आचार से न किया जाए। मेरे क्रिया-कर्म का ख़र्च तुम लोग वहन करोगे। वैसे इन ख़र्च के बावत, मैं सौ रुपए छोड़े जा रहा हूं।'

न मुखाग्नि। न श्राद्ध! सिर्फ़ शोक सभा।

अनंग बाबू के इन्तकाल के बाद, विजित और सुजित इस मकान के बारे में टांग नहीं अड़ा सके।

सन् अस्सी और इक्यासी में बुआ और फूफा जी का भी निधन हो गया।

बुआ का हिस्सा, उनकी बेटियों ने बेच-बाच दिया। शहर के अमीर ठेकेदार, दयालदास ने ही दोनों हिस्से ख़रीद लिए। अनंग बाबू के किराएदार को रुपए देकर, मकान खाली कराया गया। दोनों हिस्सों को मिलाकर, वहां नर्सिंगहोम खोला गया है।

यह बात भी अस्वीकार करने का कोई उपाय नहीं है, ये रुपयों से 'वार्तावह' को काफ़ी मदद मिली।

यह भी सच है कि दूर्वा हमेशा रटती रहती है कि या तो पूरा का पूरा ही बेच दो या किराएदार समेत वह हिस्सा बेच डालो।

'उसके बाद?'

'नए टाउनशिप में....'

'नहीं, अभी रहने दो।'

दूर्वा कैसी तो अक्खड़ होती जा रही है।

'क्यों नहीं?'

'मेरा मन नहीं करता।'

'देखो, एक वक़्त था, जब त्यागी, सन्यासी की ज़िन्दगी गुज़ारने से भी चल सकता था, मगर अब नहीं चल सकता।'

'अनंग काका के रुपए मिल गए, बाऊ जी के प्रेस में अख़बार छापकर, आज 'वार्तावह' खड़ा हो गया है। यह सब लेकर, मैं कहां जाऊंगा?'

'बेटी का ब्याह नहीं करना है?'

'वह खुद कर लेगी अपना ब्याह!'

'उसके भविष्य के बारे में भी नहीं सोचोगे?'

'हद से हद, उधर का हिस्सा बेचकर, उसके नाम रुपए जमा कर दूंगा। लेकिन वह भी, अभी नहीं।'

'अख़बार निकालकर तुम्हें क्या मिल रहा है?'

'यह बात समझाई नहीं जा सकती, दूर्वा!'

'बेटी भी तो बाप-दादे की राह चल पड़ी है। क़ीमती कपड़े नहीं पहनेगी, ब्याह-शादी के मौके पर भी साज-सिंगार नहीं करेगी—'

'उसकी मां भी तो ऐसी ही थी, दूर्वा!'

'जब थी, तब थी।'

'सुनो, तुम इस क़दर परेशान न हो।'

'अब मुझे यह सब अच्छा नहीं लगता—'

'मुझे तो तुम अभी भी, पहले की तरह ही अच्छी लगती हो, मेरे लिए तुमने कितना कुछ बर्दाश्त किया है....आज भी कर रही हो। सुनो, जब मैं मर जाऊं, तो इस घर का, जैसा मन करे, वैसा करना। हां, उस तरफ़ का हिस्सा, साल भर के अन्दर बेच दूंगा। वे रुपए तुम्हारे और सीतू के होंगे।'

'खरीदेगा कौन?'

'डॉक्टर। डॉक्टर ही खरीद लेगा। ऊपर-नीचे आठ कमरे, सामने टुकड़ा भर खाली ज़मीन! अच्छी क़ीमत मिल जाएगी।'

'चलो, कम से कम इतना तो कर दो।'

'अच्छा, तुम्हें क्या बेतरह असुरक्षा लगती है?'

'हां, लगती है। पता है....?'

'जब हमारी आमदनी कम थी....'

'नहीं, तब नहीं लगती थी। तब मुझे लगता है, बहुतेरे लोगों को सुरक्षा नसीब नहीं होती, मुझे भी नहीं। अब देखती हूं, सभी लोग काफ़ी हद तक और के और हो गए हैं। मुझे भी....'

'भई, बीच-बीच में दो-एक आना सोना-दाना भी खरीद ही लेती हो....'

'हां, ख़रीदती तो हूं....'

'किसी दिन, इसी के लिए डकैती न हो जाए....! कितने बज गए?'

'साढ़े आठ!'

'हैरत है, मंसूर साहब अभी तक नहीं आए?'

'आने-वाले हैं?'

'हां, आएंगे और ख़बर भी लाएंगे।'

'देखो, सोच-समझकर, हिसाब से छापना। आजकल तो ख़बर-वबर छापने में भी मुसीबत टूट पड़ती है।'

'तुम फ़िक्र मत करो–'

'सुनो, सीतू को उच्च माध्यमिक हम कलकत्ते में कराएंगे।'

'पहले तो माध्यमिक तो पास हो ले। बाबू कहा गया है, तुम्हें मालूम है?'

'ज़रा दुकान तक गया है।'

बाऊ जी को काली बाबू मिले थे। अमिय को भी सिर्फ़ बाबू मिला है।

बाबूचन्द्र दास। पिता-पत्नी-त्यागी, सुजन दास! सुजन दास फरक्का चला गया। बहुत दिनों पहले, वहां एक और विवाह करके, उसने अपनी नई गृहस्थी बसा ली। बाबू की मां, भुवन/ भोवन/ भवेन/ भवन वैरागी के साथ कंठी बदलकर, अर्सा पहले, बैरागिन हो गई है। बाबू स्कूल में पढ़ता था, अच्छे रिजल्ट करता था।

लेकिन जब वह नौंवी क्लास में था, इस शहर में, इलाके के वृहदतम पेशा, बॉर्डर-कारोबार में शामिल हो गया। गायों की चोरी और चालान! हाथों-हाथ रुपए! एक-दिन वह पकड़ा गया। वे तीन साथी थे। तीनों बेभाव पीट गए। उसके बाकी दोनों साथियों ने वहीं दम तोड़ दिया। बाबू अस्पताल में। बच गया। बाबू की मां ने कभी यहां काम किया था। उसके रोना-धोना सुनकर, अमिय बाबू को अपने यहां ले आया।

'यहां कामकाज सीख। जब सीख जाए और कहीं अच्छा मौका मिले, तो चले जाना। मैं तुझे इतना क्या दे सकता हूं। लेकिन, वे सब काम अब कभी मत करना। चंद रुपयों के लिए....अगर तेरी जान चली जाती, तो....?' उसने बाबू को समझाया।

बाबू को यहां आए हुए चार साल गुज़र गए। यहां से जाने की बात उसने नहीं उठाई। हां, कामकाज बखूबी सीख गया है। अमिय के प्रति उसके मन में गहरी श्रद्धा-भक्ति है। बाइस की उम्र में क़दम रखते-रखते, वह गबरू जवान हो आया है। चेहरा बेहद हसीन, बदन काफ़ी सुदृढ़! नियम से कसरत करता है!

कहीं सड़क से एक कुत्ता उठा लाया है, जतन से उसे पाल-पोस रहा है। वह भी काफ़ी सतर्क पहरेदार है। आजकल बाबू, सीतू की पुरानी किताबें वगैरह भी उलट-पुलटकर पढ़ने लगा है। अमिय ने उसे थोड़ा-बहुत और पढ़ने की सलाह दी है।

'थोड़ा और पढ़ ले। तेरे पास सर्टिफिकेट तो है ही, तुझे कहीं नौकरी दिलाने की पूरी कोशिश करूंगा। तेरी एक नौकरी लग जाए, तो....'

बाबू दुकान से लौट आया। मंसूर साहब और कल्लोल बाबू भी आ पहुंचे।

'आने में इतनी देर कर दी?'

'रुको, पहले साईकिल तो रख दूं।'

'बाबू, ज़रा साईकिल तो रख आ—'

'अमिय बाबू, रात को रहने भर की जगह मिल सकेगी? खाना तो मैं दुकान से खाकर आया हूं। लेकिन.....'

'ज़रूर मिलेगी। बाबू.....

'उस कमरे में जगह कर दूं?' बाबू ने पूछा।

'क्यों? इसी कमरे में सो जाएंगे। यहां चौकी, बिस्तर, मशहरी, सभी कुछ मौजूद है। मैं तो कई-कई रात, यहीं सो जाता हूं।'

'नहीं, ये लोग उसी कमरे में सो रहे न! वह कमरा ज़्यादा अच्छा है।' थोड़ा ठहरकर उसने फिर कहा, 'दुकान में नव' दा खोज़-ख़बर ले रहे थे। मुझसे पूछते रहे—मंसूर साहब क्या तेरे यहां हैं? मैंने साफ़ कह दिया, 'नहीं, नहीं, वे तो कब ही यहां का चक्कर लगाकर चले गए।' मैं उस बंदे को खूब पहचानता हूं। बेवजह वह सवाल नहीं करता। आज इस कमरे में मैं ही रहूंगा। वे लोग उस कमरे में रहें।

'अरे, वाह! तू तो बड़ा होशियार हो गया है!' मंसूर साहब ने कहा, 'हां, अमिय बाबू, उसने ठीक ही कहा।'

'क्यों? कुछ हुआ है?'

'नहीं, कुछ हुआ तो नहीं। लेकिन रात के वक़्त पंचपुकुर लौटना, ठीक नहीं होगा। वह रास्ता.....'

'कुछ खायेंगे नहीं?'

'नहीं, सिर्फ़ पानी पिला दें।'

'हां, तो अब बताएं....!'

'बताना क्या है? लिखकर, दस्तख़त करके दिए जा रहा हूं। काम बनेगा या नहीं, पता नहीं? लेकिन, इसके बाद, बाकी क्या रह गया, यह नहीं मालूम।'

'लाइए, दीजिए!'

'हां, छाप दीजिए, इसकी बीस प्रतियां....बीस क्यों पचास प्रतियां, मेरे लिए बुक कर लें।'

'इतनी सारी प्रतियां लेंगे?'

'जनमत तैयार करना होगा, अमिय बाबू, वर्ना हम कामयाब नहीं हो सकते।'

थोड़ा ठहरकर, मंसूर साहब ने दुबारा कहा, 'चार-चार लड़कियां बलात्कार की शिकार हो गईं; उनको क़त्ल कर दिया गया, पुलिस को क्या कुछ भी दिखाई नहीं देता?'

मंसूर साहब ने अपना नाम छिपाने की भी कोशिश नहीं की, क्यों कि ये वारदातें, उनके सीने में बज रही थीं। उन्हें अपना आपा ही बेतरह अपवित्र लग रहा था। वे जामडांगा शाखा कमेटी के सचिव थे, जैसे कल्लोल कराती किसान संगठन का सचिव था।

'यह आलोचना पुलिसी निष्क्रियता के खिलाफ़ है। बॉर्डर इलाके का थाना। इन

लोगों ने आख़िर सोच क्या रखा है? इन सब समाज-विरोधी लोगों का साथ देने से ही काम चलता रहेगा?'

'आप लोग भी तो हाथ पर हाथ धरे बैठे नहीं रहे?' अमिय ने कहा।

इन मंसूर नाम शख़्स को कभी 'साहब' कहा जाता था, उनके लाल-सुर्ख़ रंग की वजह से। छः फीट ऊंचा कद! पुख़्ता मांसपेशियां! अब उनका रंग तपकर, ताम्रवर्णी हो आया है। घुंघराले बालों में भी ताम्र-आभा झलकने लगी है। अभी भी उनकी जो शक्ल-सूरत है, आराम से नायक बन सकते हैं।

'क्या बात है? क्या देख रहे हैं?'

'आपका चेहरा! सच्ची, ईर्ष्या होती है।'

'आप भी न....क्या बात करते हैं! मेरी बेटी अब दसवीं क्लास में पहुंच गई है। आपकी बेटी भी तो....?'

'हां, क्लास नाइन में!'

'पढ़ाते रहना ज़रूरी है, इसलिए पढ़ा रहा हूं। लेकिन, बड़की का उतना दिमाग़ नहीं है। हां, मंझली की बुद्धि तेज़ है। छुटकी तो अभी पांचवी क्लास में है। बेटे ने भी अभी-अभी स्कूल में क़दम रखा है।

मंसूर परिवार, पंचपुकुर के पुराने बाशिन्दे थे, जिनके नाम पर नासिरगंज और नासिर खां रोड कहलाता है। अभी ख़ानदान के बहुतेरे लोग, अब पंचपुकुर में बस गए थे। इसके अलावा, इस खानदान के लोग तालहाटी और चूड़ा गांव में भी फैले हुए थे। वह इलाका कृषि प्रधान था। मुसलमानों की काफ़ी तादाद! मंसूर के अब्बा, काफ़ी अर्से तक किसान संगठन में शामिल थे। मंसूर खुद और उनके बड़े भाई अध्यापन करते थे।

'समूचा का समूचा इलाका, समाज-दुश्मनों के लिए मुक्त मैदान बन गया है? अभी पांच साल पहले तक ऐसी हालत नहीं थी। अब तो मेले-पर्व तक में, यहां आने में लोग-बाग़ डरते हैं। मुझे तकलीफ़ क्यों होती है, पता है? लोग अपनी शिकायत....अर्जी लेकर मेरे पास आते हैं। मैं यथासाध्य उनकी मदद भी कर देता हूं। लेकिन जब तक थाना हरक़त में नहीं आएगा, तब तक भला समाधान होगा? आख़िरी वारदात के बाद तो लोगों ने आना तक छोड़ दिया। वह तो कल्लोन बाबू की जुबानी ख़बर पाकर, मैं ही साईकिल लेकर दौड़ गया। लोगों ने कहा—ख़बर देकर क्या होना था? इसका कोई प्रतिकार तो होने से रहा। लाश के साथ मैं भी गया.....यह सारी दास्तान, लिखी है मैंने।'

'आपने लिखा है, मैं छाप दूंगा। लेकिन, उसके बाद? कोई न कोई इन्तज़ाम भी तो करना होगा। अब तक ये ख़बरें, अख़बारों में प्रकाशित नहीं हुईं, लोगों को ख़बर भी नहीं है। यह ख़बर, 'वार्तावह' में पहली बार छपेगी; जिले के और-और अख़बार भी अगर थे ख़बरें छापें, तो....। मैं इस ख़बर की कटिंग कलकत्ता भेजूंगा। आख़िरी केस तो.... सच्ची, ऐसा तो सोचा भी नहीं जा सकता।'

'आप तो रिपोर्टिंग भी करते हैं न?'

'पहले गोरा ख़बर-वबर देता रहता था। अब वह डर गया है। उसे भी आख़िर मैं क्या कहूं? ब्लॉक में चाकरी करता है, काफ़ी दूर तक साईकिल चलाकर आना-जाना पड़ता है। काफ़ी रात गए लौटता है।'

मंसूर साहब ने धीमे लहजे में कहा, 'हां, आपने देखा नहीं, मैं और ये साहब, इतनी रात को पंचपुकुर जाने की हिम्मत नहीं जुटा पाए। वैसे आठ मील की राह, भला कोई राह होती है? कितना-सा वक़्त लगता है? लेकिन बीच में केनेल मोड़ जो पड़ता है।'

हां, यह बात तो सच थी। किसी ज़माने में यह सूखी-बुझी, लुप्तप्राय नहर की साफ़-सफ़ाई का निर्णय लिया गया। काम शुरू होते ही, बंद हो गया। केनेल मोड़ अतिशय ख़तरनाक जगह बन गई।

—चलिए, अब आपलोग सो रहिए

—सुनिए, यह ख़बर छापने के बाद, आप भी ज़रा होशियार रहिएगा।

—भई, मेरा थाना तो अलग है।

—अरे, साहब, सांप की पूंछ पर पांव जो पड़ेगा। सांप का थाना, इलाका मानता है?'

—यह कमबख़्त नव भी अब काफ़ी गलीज हो गया है। ख़बरी तो ख़बरी। अब वह नेपाल लोगों के दल में भी जा मिला है और इधर थाने में भी ख़बर देता रहता है।

—रुपये जो मिल रहे हैं! अभी हाल ही में उसने दो-मंज़िला मकान खड़ा किया है। नेपाल लोगों के हाथ में रुपइय्ये हैं। ख़ैर, मेरी रिपोर्ट में किसी का नाम नहीं है। आप भी नाम न दें।

इसी तरह, 'वार्तावह' ने हलचल मचा दी। ख़बर की सुर्ख़ी ने ही लोगों को ज़बर्दस्त झटका दिया।

'जामडांगा थाना इलाके पर ब्लात्कारियों का क़ब्जा! पुलिस पूरी तरह निष्क्रिय।'

जामाडांगा थाना क़रीब दस साल पुराना। कहना चाहिए, नसीरगंज थाना इलाका काफ़ी विशाल था और सीमावर्ती क़रीब अंचलों में चोरी-राहजनी-डकैती काफ़ी वढ़ गई थी। इसके बाद, जामडांगा फांड़ी को थाने में रूपान्तरित कर दिया गया। वहां के पहले अधिकारी, गोस्वामी के दौर में नियम-कानून, अनुशासन की थोड़ी-बहुत उन्नति भी हुई। गोस्वामी का जब ट्रांसफर हुआ, उस थाना इलाके के लोगों का हार्दिक अभिनन्दन बटोरकर ले गए। वहां के लोग आज भी उन्हें याद करते थे।

आजकल वह इलाका, एक विशेष वर्ग के गुंडों के लिए मुक्तांचल बन गया है। औरतों के बलात्कार और हत्या का अबाध सिलसिला जारी है। पुलिस रोकथाम का कोई प्रयास नहीं करती । थाने में रपट लिखाने जाओ, तो फ़रियादी को अपमानित होना पड़ता है। जामडांगा शाखा कमेटी के सचिव, अबुल मंसूर और किसान संगठन के आंचलिक सचिव, कल्लोल कराती ने इसके खिलाफ़ शिकायत की है।

इनकी राय में पुलिस और अपराधियों में साठगांठ न हो, तो इस क़िस्म के वारदात लगातार नहीं घट सकते। जनमत के दबाव में पुलिस अगर इन लोगों को

गिरफ़्तार भी करती है, तो उसी दिन, उन्हें जमानत पर रिहा भी कर देती है, जबकि इन लोगों को गैर-ज़मानती क़ानूनी की तहत ही गिरफ़्तार करना चाहिए था। अपनी शिकायतों को साबित करने के लिए, उन्होंने चंद वारदात के हवाले भी दिए थे। अभी हाल ही में, 'चूड़ा' गांव की सरहद पर, रॉबेया (उम्र सोलह साल), शाम, सात बजे ज़रूरत के तकाजे पर पोखर-किनारे पहुंची। तीन कुख्यात, व्याभिचारी उसके धान-खेत में खींच ले गए और उसका बलात्कार किया। उसके बाद, उसका गला घोंटकर, उसकी हत्या कर दी और उसे पेड़ पर लटका दिया। रॉबेया के वालिद, अशरफ मंडल उसे खोजते फिरे। अगले दिन गांववालों ने ही रॉबेया की लाश देखी और उसे पेड़ से उतार लाए। बलात्कार के निशान के तौर पर, रॉबेया की साड़ी मिट्टी में लोट रही थी। बदन पर नोंच-खरोंच-काटने के निशान और बाकी कपड़े चीथड़े-चीथड़े! थाना-अधिकारी ने अशरफ के मुंह पर ही फिकरा कसा—उसकी बेटी ज़रूरत बदचलन थी। बाद में थानेवालों ने सफाई गायी—गुंडे किसी अन्य थाना इलाके में फ़रार हो गए हैं।

जनाब मंसूर बार-बार थाने का चक्कर लगाते रहे, लेकिन थाने से उन्हें कोई मदद नहीं मिली। क़रीब पन्द्रह दिनों बाद ही, बिलबेड़े गांव की बहू, श्रीमती दास, रात को ज़रूरत के तकाजे पर बाहर निकली। बदमाशों ने उसका मुंह बांध दिया और उठा ले गए। उसका बलात्कार करने के बाद, उसकी हत्या कर दी। उसी गांव के चौधुरी-पोखर के किनारे उसकी लाश मिली। प्रसंगवश यह भी बता दें कि उस महिला के पति, पलाश दास को पहले भी यह धमकी दी थी कि अगर उन लोगों को उस औरत से 'अवैध सम्पर्क न करने दिया गया, तो वे लोग उसका खून कर देंगे।' पलाश दास ने इसका हवाला देते हुए, थाने में रिपोर्ट भी लिखाई। लेकिन, पुलिस पूरी तौर पर निष्क्रिय बनी रही। इस मामले में भी थानेवालों ने कोई क़दम नहीं उठाया। अगली वारदात, तो इससे भी ज़्यादा वीभत्स है। क़रीब इक्कीस दिन बाद, तालहाट-मौलडांगा गांव की कुल सात साल की बच्ची, रेखा, मैदान में घास काट रही थी। एक बदमाश उसे पाट के खेत में खींच ले गया और उसके साथ उसने कुकर्म किया। बच्ची जब घर लौटी, उसने घरवालों को उसका नाम बता दिया। घरवाले, गांव के एक और व्यक्ति के साथ थाना पहुंचे और गुहार लगाई, लेकिन थानेवाले पूरी तरह निष्क्रिय बने रहे और लड़की को अस्पताल में भेजने की हिदायत दी।

इस मामले में थाने की निष्क्रियता ने जनमानस में गंभीर प्रतिक्रिया जगा दी। कुछेक लोग थाने के अहाते से बाहर निकलते ही, उस दुष्ट को खोजने जुट गए, लेकिन वह दुष्ट भागने में सफल हो गया। चौथी घटना, मादपुर कॉलोनी की रैमा नस्कर नामक, तीन-तीन बच्चों की मां, पैंतिससाला महिला का बलात्कार और हत्या! इसके विरोध में, मंसूर साहब और कल्लोल कराती के नेतृत्व में और शासक मंडला के अह्वान पर, पांच सौ से भी अधिक लोगों की जलूस, जामडांगा थाने में जा धमकी। मुज़रिम की गिरफ़्तारी और उसे सज़ा, उनको मदद देने वाले बेइमान-मक्कार पुलिस-अधिकारियों को हटाने और उन्हें विभागीय सज़ा देने की मांग करते हुए, विभिन्न

वक़्ताओं ने अपने-अपने वक्तव्य रखे। सबने थाने में डेपुटेशन दिया और एक स्मारक-पत्र पेश किया। थाने की तरफ़ से जो आइ सी ओ ड्यूटी पर थे, वे आन्दोलनकारियों से नहीं मिले और इस ख़बर के प्रकाशित होने तक, उन्होंने अपराधियों को गिरफ़्तार करने की कोशिश नहीं की। जामडांगा पुलिस प्रशासन, यह अराजकता कैसे चला सकते हैं, इस बारे में जवाब-तलब करते हुए, जनता ने ज़बर्दस्त आवाज़ उठाई। निजी संवाददाता : वार्तावह'

यह ख़बर छापकर, अमिय, डाक विभाग के इन्तज़ार में बैठा नहीं रहा। अख़बार में यह ख़बर छपते ही, मंसूर साहब का आदमी आकर, पचास प्रतियां ले गया।

बाबू और सलमान, अख़बार लेकर बहरामपुर चले गए।

अगले दिन, उस अंक की मांग करते हुए चूड़ा, तिलबेड़े, मादपुर कॉलोनी, तालहाट-मौलडांगा, तालहाट-सदर वगैरह से लोगों के आने का तांता बंध गया। शहर में भी इस ख़बर ने हड़कम्प मचा दी। ख़ास जामडांगा से जूनियर हाईस्कूल के हेडमास्टर, देवदास, वार्तावह कार्यालय में हाज़िर हो गए। वे ख़ासे उत्तेजित नज़र आए।

थाने के गेट के सामने, आमड़े के पेड़ पर यह ख़बर चेप आया हूँ। हजारी पंचायत को यह अख़बार पहुंचा दें। बाज़ार में भी इसी की चर्चा गर्म है।'

—अच्छा है, अच्छा है!

—कोई काम होगा, सर?

—देखो, ख़बरों का काम, तो अख़बार ही करता है। बाकी काम तो तुम्हीं लोगों को तय करना होगा।'

—मैजिस्ट्रेट....एस पी...उन लोगों को....'

—सुनिए, आप लोग मंसूर साहब से जाकर मिलिए। नागरिक समिति गढ़ी जा सकती है, प्रशासन पर दबाव डाला जा सकता है, लेकिन आप ही लोग, मां—बेटियों के बलात्कार, हत्या...सब कुछ जानते—समझते हुए भी, आप लोग चुप क्यों लगाए रहते हैं?'

—आप चलेंगे मेरे साथ?

अमिय ने सिर हिला दिया।

—'वार्तावह' इस क़िस्म की सक्रिय भूमिका नहीं लेगा। 'वार्तावह' ख़बरें छापता रहेगा; जनमत तैयार करता रहेगा। मंसूर साहब जैसे इन्सान शायद बहुत ज़्यादा नहीं होते। वे लोग तो प्रतिवाद करते हैं और चूंकि उन्होंने विरोध किया, इसलिए उन पर अत्याचार भी नहीं हुए। आप लोग भी अगर यह समझते हैं कि जामडांगा थाना दुर्नीति की राह पर है, तो उनका साथ दीजिए।

—लेकिन विविध राजनीति के लोग तो....

—बलात्कार और हत्या! यह चाहे जहां भी हो, इतना बड़ा पर अगर चुपचाप सह जाएंगे, तो सहते ही रहेंगे।

बाबू श्रांत-कलान्त मुद्रा में कमरे में दाख़िल हुआ।

—बाप रे बाप! मानो बम का धमाका हुआ है। अख़बार बांटने का कोई

कूल-किनारा नहीं था। इन लोगों की भी मैं बलिहारी जाता हूं। सभी लोग यही पूछ रहे हैं कि जामडांगा में क्या इन्सान नहीं बसते?

—अब आएगा समझ में।

—इन्सान....अगर गाय चुराता है....डाकू पकड़ता है, तो उसकी गण-पिटाई करते हैं, उसे जान से मार डालते हैं। लेकिन सातसाला एक बच्ची....'

—यह बात, अगर काली बाबू को पता चलती, तो वे क्या कहते?

अनंग बाबू ने ही बताया था, काली बाबू अधेड़ उम्र थे। औरतों की इज़्ज़त बचाने के लिए, वे कूद पड़े। किसी ज़माने में वह लाठी का जादूगर था। हमलोग पर भरोसा करके, वह मणि बाबू के साथ चला आया था। लेकिन आज तो जो शख़्स अन्याय का विरोध करता है, वही पापी समझा जाता है। गुनाहगार! जिस शख़्स की तरफ़दारी में विरोध किया जाता है, वह शख़्स भी उनका साथ नहीं देता। इसलिए वह शख़्स टूटा मन, टूटी हिम्मत लिए, वापस लौट गया।

उन्होंने कहा था, इन लोगों को हमेशा याद रखना, अमिय। हम इन्हें जड़ से उखाड़कर यहां ले आए और यहां भी उन्हें जगह नहीं दी। इस क़िस्म भी बेईमानी के बहुतेरे इतिहास मौजूद हैं, लोग जिसके बारे में नहीं जानते; इस बारे में लिखा भी नहीं जाता।

अनंग बाबू के रुपए भी इस अख़बार में लगे हैं। अनंग बाबू कहा करते थे, 'अमिय भी क्या विवेक के साथ काम कर पाएगा?

अनंग बाबू कहते थे, 'और चाहे जो भी करो, बस, बैठ मत जाना। बैठे नहीं कि मर जाओगे।'

—क्या करूं, बताइए?

—अख़बार निकाल रहे हो। अख़बार के ही जरिए इन्सानों के सुख-दुःख-समस्या के बारे में लिखते रहो। जन-सम्पर्क खो दिया, तो मर जाओगे, मुन्ने! सिर्फ़ शहरी मध्यवित पाठकों में लिए ही मत लिखा करो। गांव! गांवों को भी सामने लाओ। जिनके बारे में तुम लिखोगे, वे लोग अख़बार के अपने लोग हैं।

—यह काम....

—कलकत्ते के अख़बार नहीं कर सकते। कोई वारदात हो जाती है, तो वे लोग सिर्फ़ ख़बर भर दे देते हैं। मुझमें अगर क्षमता होती, तो मैं भी तुम्हारे यहां चला आता।

—आएंगे?

—अब दम-ख़म नहीं रहा, मुन्ने! आख़िरी बार जेल के दिनों ने मेरी सेहत चौपट कर डाली। ख़ैर, छोड़ो! अभी भी मैं सकर्मक क्रिया हूं। अकर्मक क्रिया नहीं बना। मैं आत्मकथा लिख रहा हूं। लेकिन पुराने कागज-पत्तर, डायरी, सभी कुछ तो बार-बार पुलिस के हाथों में चले गए। अब याद कर-करके, जितना कुछ लिख पाता हूं....

—हां, हां, वही लिखते रहिए

—पहले हरीश बाबू के पास जाऊंगा। किसान-संग्राम में....दिनाजपुर में...

—वे अब मर चुके हैं, काका!

—हरीश बाबू भी चले गए?

—हां, सन् छिहत्तर में ही...

—ख़ैर, जाने दो...! लेकिन, तुम....

अनंग काका का सुझाया हुआ रास्ता ही था, वर्ना मंसूर साहब उसके पास नहीं आते।

अचानक, कमल आ पहुंचा।

—हम लोगों के ओ. सी. काफ़ी खुश थे, सर!

—क्यों?

—कहा, दूसरे-दूसरे थानों के बारे में लिखिए न!

—मैं अख़बार चलाता हूं। ख़बर मिलेगी, तो लिखूंगा।

—बस, ज़रा सावधान रहिएगा।

—क्यों इसकी कोई वजह?

—वे लोग बिल्कुल गलीज़ माल जो हैं....

—ख़ैर, देखते हैं!

—इनके लिए असाध्य कुछ भी नहीं है।

—यूं डरते-डरते, कितनी दूर बढ़ सकोगे, कमल?

—फिर भी....

—बीस साल पहले भी बात होती, तो मैं उन लोगों को

—हां, बीस सालों में सब कुछ बदल गया है। गांव की हालत सबसे ज़्यादा मार्मिक है। मंसूर साहब ही क्या अपना डेरा-डंडा उठाकर भाग सकेंगे? इसलिए तो इन्सान मार खाता है, फिर भी मिट्टी से चिपका पड़ा रहता है।

—मैं भला कहां जाऊं?

—आप जैसे लिखते हैं, यहां सड़क नहीं है, यहां

—ख़ैर, यह सब तो रहेगा ही? कुछेक सालों का 'वार्तावह' पढ़ें, तो गांवों की तस्वीर बिल्कुल साफ़ उभर आएगी।

—यह ख़बर, जिला के विभिन्न अख़बार छापेंगे तो सही?

—देखूं, अनुरोध तो मैंने सबसे किया है।

'वार्तावह' ने एक सच्ची ख़बर छापी थी; धीरे...धीरे जिला के विभिन्न अख़बारों ने जिसकी संक्षिप्त या पूर्णांग रिपोर्ट छाप दी।

मंसूर साहब ने कहा, 'इस ख़बर के आधार पर मैं जिला प्रशासन, कलकत्ता, हर कहीं इसके समाधान की मांग कर रहा हूं। इस वक़्त, जामडांगा थाना भी ज़रा सहम गया है।

—ये गुंडे, गिनती में कितने हैं?

—यही कोई पांच लोग। नेपाल, सिराज और उनका लीडर, बेलून। उनके चमचे भी थे....

—कोई राजनैतिक पार्टी नहीं करते?

—नहीं! बॉर्डर है, दुर्नीति में डूबा थाना है। चुल्लू, सट्टा वगैरह सैंकड़ों तरह का धंधा है।

—निख़ालिस समाज-दुश्मन हैं।

—हां, बिल्कुल वही।

—आप पांच सौ लोग इकट्ठा कर सकते हैं, उन कमबख़्तों को पकड़कर, धुलैय्या नहीं दे सकते?

—नहीं, यह मुझसे नहीं होगा

मंसूर साहब ईषत् हंस पड़े।

—एक तो ठोंका जाऊंगा कि मैंने क़ानून अपने हाथ में लिया। मैं ही तो कहा करता था—क़ानून अपने हाथ में मत लेना। वैसे आपको बताऊं, इस मामले में यही करने का मन करता है। एक समय था, किसी को अन्याय करते देखा नहीं, कि बेभाव पीट देता था। नव का कान कैसे कटा, उसी से पूछ देखिएगा। मैंने ही....मैंने ही काट दिया था। स्कूली बच्चों को जुए के अड्डे पर ले जाता था वह कमबख़्त! लेकिन अब....

—ऐसा संभव नहीं है,

—न-हीं, दूसरे, नेपाल, सिराज और बेलून, ये लोग तो गुंड़ों के सरदार हैं। सीमाओं पर साम्प्रदायिक ताकतें काफ़ी सक्रिय हैं। वे लोग तो हर वक़्त बहाने खोजते फिरते हैं कि ऐसा कुछ हो, पुलिस, ऐक्शन ले, वे लोग गिरफ़्तार करा दें। हम अपनी मीटिंग में यही तो बताते हैं। अगली मीटिंग इतवार को है। आप आएंगे न?

—कहां?

—पंचपुकुर में। रमा स्कर का पति, हमारे गांव में आ बसा है, पता है?

—कहां?

—फिलहाल, अपने किसी रिश्तेदार के यहां। बाद में, घर-द्वार बेचकर चला आएगा। क्या करे बिचारा? तीन-तीन बाल-बच्चे हैं। बड़ी बेटी चौदह साल की है। खुद तो दिन भर वैन-रिक्शा चलाता है। मादपुर में, उसका जो घर है, वह भी काफ़ी दकियानूस है।

—और मंसूर साहब?

—उन्हें 'साहब' क्यों कहते हैं?

—सभी तो यही कहते हैं। देखिए, ख़बर छप चुकी है। अब आप लोग फौरन सक्रिय न हुए....मतलब इस ख़बर को काम में न लगा पाए, तो वे लोग और चढ़ बैठेंगे। और गांव के लोग क्या करेंगे? अपना घर-द्वार त्यागकर, आख़िर जा भी कहां सकते हैं? गांव की ज़िन्दगी काफ़ी बदहाल हो पड़ी है।

—ख़ैर, मीटिंगी में आइएगा।

—बताना मुश्किल है! इतवार को ज़रा शहर की तरफ़ जाना है।

—अगर यहां रहे, तो आ जाइएगा। अभी की तमाम ख़बरें, बाबुल के जाएगा,

मेरा भतीजा! उसे जिला फुटबॉल में मेडल मिला है, पता है न? बड़े काम का लड़का है!

—लिख-विख सकता है?

—बस, वही तो नहीं आता उसे। वे लोग क्लब करते हैं—

—हां, हां, युगसंस्कृति क्लब! उन सबकी ख़बर तो मैं छापता हूं।'

'वार्तावह' ही छापता है। बस! कालीपुर का 'संवाद' तो ज्योतिष, साहित्य के बारे में, कहां, क्या फंक्शन हुआ, यह भी छापता है! खाद-बीज-खेती के बारे में भी ख़बर देता है! आप यह ख़बर कलकत्ता के अख़बारों में नहीं छपवा सकते?

—हां, इसीलिए....चला जाऊंगा।

सागर 'भागीरथ' अख़बार में लिखा करता था। घर में मुर्गी पालता था, कोचिंग सेंटर भी चलाता था और कलकत्ते के एक समाचार-पत्र में रिपोर्टर भी था।

'एइ, सिटके, इसे चला दे—'

'हां, चला दूंगा! बेशक चला दूंगा।'

'यहां इस ख़बर ने यहां किस हद तक झटका दिया?'

'सब खुश हैं। पुलिस की दुर्नीति जो ठहरी।'

'नहीं, ऐसी बात शायद नहीं है। दुर्नीति सह जाना भी एक क़िस्म की दुर्नीति है। सुप्रकाश यहां नज़र नहीं आ रहा है।'

'आज रह जाओ—'

'असंभव! दूर्वा, सीतू, सुनो, मैं शाम तक लौटूंगा। पता है, बात क्या है? इतने दिनों से ख़बर छापकर झाड़ नहीं खाई। लेकिन जामडांगा थाना वेरी-वेरी बैड है।'

'कोई डर की बात तो नहीं है?'

'इतने दिनों तक तो परवाह नहीं की। लेकिन, ये लोग तो बिल्कुल ही समाज-दुश्मन हैं। बेहद भयंकर जीव हैं। अच्छा, बताओ तो, शिकायत करने वाले अगर शिकायत करें, तो पुलिस यहां क्या एक्शन लेगी?'

'अरे, पहले कोशिश तो करें—'

'कोशिश तो ख़ैर करेंगे ही। मंसूर साहब काफ़ी सक्रिय इन्सान हैं।

'एक बात....बस, ऐसे ही पूछता हूं। फर्ज़ करो, मुझ पर कोई हमला हुआ, तो यहां का संगठन प्रतिवाद करेगा?'

'ज़रूर करेगा। बेशक़ करेगा।'

'बात क्या है, पता है? अब इन्वॉल्व हुए बिना....खुद जुड़े बिना....और कोई उपाय नहीं है।'

अमिय बस पर सवार हो गया।

नसीरगंज पहुंचकर, वह बटू बाबू की दुकान से साईकिल ले रहा था कि अचानक किसी ने आवाज़ दी।

'सुनिए—'

वह नव था। पेशेवर समाचार सम्पादक।

'क्या कहना है, कहो।'

'बात ज़रा प्राइवेट थी...'

'न्ना! तुमसे मुझे अकेले में बात नहीं करना है। जो कहना है, यहीं कहो।'

बटू बाबू ने सौ ग्राम चाय तौलते-तौलते कहा, 'अरे, भइए, यहां सभी प्राइवेट ख़बर ही पब्लिक होती है।'

नव काफ़ी विचलित नज़र आया।

'दत्त बाबू.....मतलब ड्यूटी अफ़सर कह रहा था, अगर आप उनसे एक बार मिल लेते....'

'मैं? क्यों? ज़रूरत होगी, तो ज़रूर चलूंगा। लेकिन अभी तो ऐसी कोई ज़रूरत नहीं पड़ी.....'

'नहीं, आपने उन लोगों के बारे में लिखा....'

'भई, मंसूर साहब ने रिपोर्ट दी, मैंने छाप दिया। दूसरा नाम 'नाम से लिखना' नहीं है। 'वार्तावह' ने काफ़ी लम्बे अर्से से, इस इलाके की ख़िदमत की है, भविष्य में भी करता रहेगा।'

किसी समय, एक सौ ग्राम चाय का ख़रीदार और कभी मत्स्यजीवी समवाय का सम्पादक, मधु हालदार ने पलटकर देखा।

'क्यों, नव? अभी भी सबक नहीं सीखा?'

'ठीक है, ठीक है, मैं जाता हूं।'

'जा कहां रहे हो? रुको! अमिय बाबू की राह देख रहे थे न? जाओ, हमारे अमिय बाबू कहीं नहीं जाएंगे। जाओ और अपने बाप से कह दो।'

नव चला गया।

बटू बाबू ने कहा, 'मधु ने यह क्या किया?'

'मधु हालदार उस वक़्त ज़रा दारू के नशे में था।'

'क्या किया? साला एक नम्बर का गंधाता चमगादड़ है। सुबह से चप्पे-चप्पे में अफ़वाह बिखेरता फिर रहा है। यह सब ख़बरें ख़तरनाक हैं। मुसीबत हो सकती है।'

'ठीक ही तो!'

'धत्तू, भाईसाहब, मुसीबत की ऐसी की तैसी! मेरा बाप खा-पीकर सोने गया, सांप ने डंस लिया, मरा पड़ा रहा। आपके दामाद की मोटर साईकिल उलट गई, अपना दाहिना पैर गंवा बैठा। इन लोगों ने ये ख़बरें छापी थीं? ना, अमिय बाबू! साहस तुममें ज़रूर है! ख़ैर! नमस्कार, भाईसाहब।

अमिय जब घर लौटा, तो दूर्वा का चेहरा तमतमाया हुआ था।

'क्या, री, सीतू, तेरी मां को क्या हुआ है? और, हां, यह ले, तेरी किताब लाया हूं। सिट्के ने ख़रीदकर रखा था।'

'अच्छा, पापा, काका लोगों का नाम झिट्के और सिट्के क्यों है?'

'यह मौसा जी की करतूत है।'

'शुक्र है, और भाई नहीं थे।'

'थे, सीतू! एक और भी था—चिट्के! बड़ा फायर-ब्रांड लड़का था, री! अब, वहरामपुर जेल में है।'

'जेल में है, तो रहने दो—' दूर्वा ने कहा, 'सीतू, तू जा यहां से।'

'क्यों दूर्वा?'

'और क्या कहूं? ख़बर छापी है सब तुम्हें धन्य-धन्य कर रहे हैं। लेकिन, इसका भी तुम्हें सभी ख़्याल आया है कि तुम्हारे बीवी बच्चे हैं?'

'हां, ख़्याल आया है।'

'इन लोगों का कोई भरोसा है?'

'जिन लोगों की ख़बरें मैंने छापी हैं, दूर्वा, ज़रा उनके बारे में भी सोचो। डरने लगो, तो डर का तो कोई अन्त नहीं होता।'

'यह नहीं है....वह नहीं है....यही सब अच्छा-ख़ासा तो छाप रहे थे।'

'अभी तो और भी बहुत कुछ छापूंगा। यह सब छापकर, इलाके को कितनी-कितनी जानकारी दे सका। बहुतेरे लोग तैश खा गए; कुछ-कुछ काम भी हुआ। तालहार, मौल डांगा में सड़क न होना, बेशक एक खबर है। लेकिन नारी-बलात्कार, शिशु-बलात्कार, क़त्ल-खून के हादसे लगातार होते रहें, इसके बावजूद, 'वार्तावह' इस बारे में कुछ न लिखे? लोग-बाग़ यह सोचने लगे थे कि 'वर्तावह' दाएं-बाएं बचाकर चलता है। लेकिन अव उनकी यह राय टूट गई है। चलो, इसी बहाने कुछेक सार्थक काम तो हो—

'दाएं-बाएं बचाकर चलने में तुम्हें बेहद शर्म आती है न?'

'वैसे भी, मैं ख़ास कुछ नहीं करता। ख़ासा सुरक्षित ही हूं। लेकिन, जितना थोड़ा कुछ कर सकता हूं, अगर वह भी न करूं, तो मुझसे सांस नहीं लिया जाएगा। मैं जी नहीं पाऊंगा।'

'अर्चना' दी-हमारी हेडमिस्ट्रेस तक कह रही थीं—उन्होंने छाप तो दिया। अब कहीं कोई झमेला न हो—'

'तुम यह समझती हो न कि मुझसे कोई समझौता नहीं होता, इसीलिए न मेरी समालोचना करती हो?'

'हां, यह तो सच है!'

'मेरे समझौते तुम्हें नज़र नहीं आते? सत्यभामा स्कूल में विकास-फंड का घपला 'वार्तावह' ने नहीं छापा, इसलिए कि तुम वहां नौकरी करती हो। इस बात के लिए बहुतेरे लोग, मुझे आज तक माफ़ नहीं कर पाए। कुणाल जैसा तेज़ नौजवान तो अब मेरे लिए लिखना ही नहीं चाहता। तुम लोगों के लिए मैं बिल्कुल नहीं सोचता, यह इल्ज़ाम तुम मुझे नहीं दे सकतीं।'

'पता है, आजकल ऐसिड-वैसिड फेंकने लगे हैं?'

'हुंहः इतना आसान नहीं है।'

उसी वक़्त सीतू कमरे में दाख़िल हुई।

'मुझसे भी लड़कियां कह रही थीं, तेरे पापा क्या-क्या तो सब लिख रहे हैं, तुझे पता है? मैंने ही कह दिया—मेरे पापा सच के सिवा, झूठ कभी नहीं लिखते। अरे, हां, पापा, तुम कभी नक्सल भी रह चुके हो?'

'किसने कहा?'

'शिप्रा ने कहा। उसके बाबू जी, विपुल ने उसे बताया।'

'समझ गया। ख़ैर, तुझे बताऊंगा कभी।'

'मैं भी 'वार्तावह' में काम करूंगी, पापा।'

'वाह! ग्रेट! क्या ग्रेट महत्वाकांक्षा है।' दूर्वा ने कहा।

'मैं भी जर्नलिस्ट बनूंगी। पत्रकार।' सीतू ने कहा।

'वह बनने के लिए तो कलकत्ता आना होगा। पहले अपने स्कूल की पढ़ाई तो ख़त्म कर ले।'

'बेटी मानो बाप की छाया है। हुंहः! चल, खाने चल।' दूर्वा ने कहा।

'रुको, एक बार ज़रा देख आऊं, कल कौन-कौन-सा मैटर जाना है।'

'अब खा-पी लो, तब नीचे जाना।'

'चलो, ठीक है।'

अगले दिन अमिय को हैरत में डालते हुए, कुणाल आ पहुंचा। इन दिनों वह किसी ग्रामीण बैंक में नौकरी करता था। 'वार्तावह' में वह नियमित लिखा करता था। लिखने में उसका हाथ भी काफ़ी अच्छा था। उसे देखकर, अमिय को अपने कम उम्र का ज़माना याद आ जाता था।

अब वह कितना सक्रिय था। किस क़दर सजग। नसीरजंग नागरिक समिति का सक्रिय कर्मचारी। अमिय के प्रति वह काफ़ी श्रद्धा-भक्ति रखता था। मृणाल का भाई कुणाल। मृणाल अमिय का सहयोद्धा था। उन दिनों, वह राजमहल के आदिवासी संथाल के पक्ष में था।

'मुक़ाबले के संघर्ष में मारा गया।'

हां, मुकाबला तो था ही। तमाम गोलियां माथे-गर्दन-छाती को छलनी कर गई थीं।

सामने के अंग क्षत-विक्षत! पेड़ से बांधकर, उसके लिए तो एक ही गोली काफ़ी थी।

सारे के सारे 303 थे। संघर्ष में भी सच्चे थे।

मृणाल राजनीति की क्लास किया करता था। वह बेहद ठंडे दिमाग़ का संयोजक था। वह कैसे ख़बर पहुंचाए; कैसे लोगों को संगठित करे; कैसे गांव में सुरक्षित आश्रम का इन्तज़ाम करे—यह सब सोचने-समझने में उसकी बुद्धि काफ़ी तेज़ थी। मृणाल का कहना था, उनके दुःख-कष्टों में भी शामिल होना होगा। उसके वहां पहुंच जाने में, कई अतिरिक्त सुविधाएं भी थीं। क़रीब डेढ़ साल पहले ही, उसने नयनतारा की खेती के लिए

ज़मीन ख़रीदने पहुंचा था। उसका इरादा था, वह नयनतारा की कोई मूल दवा-कम्पनी ख़रीद लेगा। वहां संथालों के साथ खेती करेगा; उन्हीं की भाषा में बातचीत करेगा; किसी बड़े संथाली गांव में ही अपना बसेरा डाल लेगा।

वैसे वह राजनैतिक मानसिकता का शख़्स था। लेकिन जीविका के लिए उसने इस क़िस्म का फील्ड-कार्य भी कर डाला। वहां संथाल लोग अपनी-अपनी ज़मीन पर खेती करते थे; महाजन फसल उठा ले जाते, उसके बाद, संथाल लोग मजूरी पर उतर पड़ते थे। दवा कम्पनी ने उसके लिए ज़मीन-लीज़ का भी इन्तज़ाम कर दिया था। कई-कई बीघों की खेती के ज़रिए, वहां के लोगों के लिए वह बेगार मजूरी में रोक लगाने में सफल हो गया था।

मृणाल ने कहा, 'ज़रा एक बार सोचकर देखो।'

मुट्ठी भर संथालों के विद्रोह का इलाका। वहां की मिट्टी छूते ही, बातें करने लगती थी।

संघर्ष तो बेकार रहा। उसी मृणाल की देह के साथ गोलियों का संघर्ष!

मृणाल की मौत पर, वहां के घरों में चूल्हे नहीं जले। घर-घर में मातम्!

उन दिनों कुणाल की क्या उम्र थी? यहीं कोई बारह साल। उसने अपने बड़े भइया को कभी घर में टिके नहीं देखा। मृणाल सबसे बड़ा था, कुणाल सबसे छोटा!

अभ्र और शुभ्र, दिल्ली और बैंगलोर में थे। दीया और नीया, पुणे और हैदराबाद में! उनके मां-बाप का निधन हो चुका था। कुणाल ने किसी ऊंची नौकरी की कोशिश ही नहीं की।

'भई, मेरी कोई उच्चाकांक्षा नहीं है। नसीरगंज में मकान तो है ही, वहीं रहूंगा।' कुणाल ने एलान किया।

अभ्र की पत्नी ने कहा, 'फर्स्ट क्लास पाकर भी, यहां रहोगे? ले-देकर ग्रामीण बैंक में नौकरी?'

'सभी क्या दिल्ली चल पड़ें?'

'इस नौकरी का भविष्य क्या है?'

'विशाल भविष्य है।'

अभ्र की पत्नी हताश हो आई। किसी बड़े बैंक में अफ़सर बनने की काबलियत होने के बावजूद, उसकी कोई महत्वाकांक्षा नहीं है?

'यह बात जुबान पर लाने में भी, कैसा तो लगता है।'

'तो मत बोलो–'

दीपा एकदम से बौखला गई।

'मंझले और छोटे भइया को देखो। कौन कहेगा कि वे कस्बे के लड़के हैं? उन सबमें सबसे ज़्यादा ब्रिलिएंट होने के बावजूद, तू....?'

'छोड़ो तो ये बातें....'

मां की मौत पर भाई-बहनों की आख़िरी जमघट में ये बातें हुई थीं।

'अब यहां क्या आना होगा?'

'घर सबका है, जब, जिसका जी चाहे, आएगा। कुणाल ने उसी मकान में 'मृणाल स्मृति लाइब्रेरी' भी खोल ली। 'पूजा' के समय और किताब-मेले में वह राजनीतिक किताबों का स्टॉल भी लगाता था।

कमरे में दाख़िल होकर, कुणाल दीवाल से टिककर खड़ा हो गया। उम्र? उन्तीस। मृणाल से वह कहीं से मिलता-जुलता था। कुणाल अभी भी शर्ट और धोती पहनता था। दोनों ही खामोश।

'आओ, बैठो, कुणाल!'

'दस प्रति अख़बार चाहिए।'

'इतनी प्रतियां तो नहीं होंगी, पांच ले जाओ।'

'विज्ञापन मिल रहे हैं?'

'अख़बार तो तुम भी देखते हो, तुम्हारी समझ में नहीं आता?'

'लगता है, कुछेक विज्ञापन मैं दे सकूंगा, मुझे कई एक फार्म दे दें।'

'कहां के विज्ञापन?'

'सर-सैलो ट्यूबवेल के!'

'तब तो बहुत अच्छा होगा।'

'इन दिनों स्कूल की नौकरी में ख़रीद-फ़रोख़्त चल रही है। इधर खूब लिख रही हूं।'

'लिखो, कुणाल, लिखो! खूब लिखो।'

'हां, लिखूंगा।'

'लाइब्रेरी कैसी चल रही है?'

'बस, थोड़ी-बहुत....'

कुणाल ने घड़ी पर नज़र डाली।

'हफ़्ते में तीन दिन, मैं शाम के वक़्त आ सकता हूं; प्रूफ देख सकता हूं....! 'वार्तावह' के वर्तमान अंक के लिए, धन्यवाद, अमिय भाई।'

'बैठो तो सही।'

'नहीं, अभी तो चलूंगा।'

'तो, जाओ! इस वक़्त तुम असंभव की हद तक मृणाल जैसे लग रहे हो। मृणाल भी हर वक़्त खड़े घोड़े पर सवार, आता था, खड़े-खड़े ही बातें करता था।'

कुणाल का चेहरा कैसा तो हो आया।

'यह बात आप कहते हैं, बटू'दा भी कहते हैं, विपुल बाबू भी कहते हैं, लेकिन बड़े भइया जब बड़े हुए, मैंने तो....' वह ईषत् मुस्कराया, 'मैंने तो उनकी तस्वीर, स्कूल-पत्रिका में....'

'उनकी तस्वीर मेरे पास भी नहीं है। मेरे पास तो मेरी भी कोई तस्वीर नहीं है।

सबसे अफ़सोस की बात तो यह है कि हमारे हाथों की लिखावट में जो पत्रिका थी.... वह भी मृणाल का लिखा हुआ था, लेकिन वह भी....'

'सुना है, उनकी लिखावट खूबसूरत थी!'

'बेहद खूबसूरत! सुनो, बैठना है, तो बैठो, मुझे थोड़ा काम करना है। हां, वह रिपोर्ट चटपट दो–'

'यह बर्रे की छत को छोड़ना होगा।'

'वह तो....हर वक़्त....!'

'हालांकि कोई भी दल या पक्ष में शिक्षक संगठन इनसे अछूते नहीं है। चूंकि बाइस हज़ार रुपए देना संभव नहीं हुआ, इसलिए मीता को नौकरी नहीं मिल सकी। ख़ैर, नौकरी उसे मिलनी भी नहीं थी। इतनी बड़ी रकम देने की मीता की औक़ात भी नहीं थी। सभी जानते हैं कि मैंने उससे विवाह किया है। लोगों को यह भी पता है कि उतने रुपए अगर मेरे पास होते, तो मैं नहीं देता। तो, यह है सारा मामला!'

'हां, ग्रामीण इलाकों में, ऐसा ज़्यादा होता है।'

'हां, सो तो है। और हां, सुनिए, ब्याह में ज़रूर आइएगा।'

'और मीता का बेटा?'

'वह मेरे ही पास रहेगा।'

'ग्रेट, कुणाल, ग्रेट! मैं आऊंगा, खाऊंगा और खूबसूरत-सा कोई प्रजेन्ट भी दूंगा।'

'आप अच्छा-सा कोई फ्लास्क दे दीजिएगा। कमल लोग, बिस्तर का सेट दे रहे हैं; अनु के लोग प्रेशरकुकर दे रहे हैं। मैंने सबसे कह दिया है, काम की ही चीज़ दें।'

'अभ्र और शुभ्र?'

'वे लोग हिन्दी फिल्मों के अमरीश पुरी के विभिन्न रोल अदा कर रहे है। बड़ी दीदी ने लिखा है कि यह विवाह वह नहीं मानती। छोटी दीदी ने लिखा–ख़ानदान का नाम डूब गया। जो-जो सोचा था, वही-वही हुआ। इसलिए सोचने-समझने को अब कुछ भी नहीं है।'

'ब्याह हो कहां रहा है?'

'हमारे घर में! और कहां? वे लोग जो ऑर्गनाइजिंग स्कूल चलाते हैं, वहां के सभी लोग आ रहे हैं। मीता के जेठू, मधु बाबू मछली दे रहे हैं। सो महफ़िल ख़ासी जम जाएगी। अच्छा, तो मैं चलूं?'

ब्याह की ख़बर पाकर, अमिय बेहद खुश हुआ। दूर्वा भी प्रसन्न हो गई।

'भई, मीता जैसी लड़की, चिराग़ लेकर ढूंढ़ने से मिलती है। माध्यमिक और उच्च माध्यमिक में अव्वल डिवीजन, केमिस्ट्री ऑनर्स में फर्स्ट क्लास! उस माहौल की, कोई पिछड़े वर्ग की लड़की, अपनी ज़िद से, इतना ऊपर उठ सकती है....'

'विवाह भी कुछ बुरा तो नहीं हुआ था।'

'लेकिन, कुछ छः महीने में विधवा हो गई। बेटा तो ख़ैर, बाद में हुआ। ससुराल बेहद बुरी थी। उसे राक्षसी कहकर खदेड़ दिया। पिछड़े वर्ग की नौकरी, उस जैसी

उम्मीदवार, फिर भी नारानपुर स्कूल में घुस नहीं पाई।'

'वैसे भी, बच्चे को छोड़कर, कहीं दूर भी तो नहीं जा सकती।'

'कुणाल ने मेरा सिर शान से ऊंचा कर दिया है, दूर्वा! यहां बैठे-बैठे कोई वाम्हन बेटा, किसी आदिवासी लड़की से, उसके बेटे समेत विवाह कर रहा है, पहले हम इसकी कल्पना भी कर सकते थे?'

अमिय को अचरज में डालते हुए, दूर्वा में जवाब दिया, 'यहां के लिए सचमुच यह ख़बर है! बड़े शहरों में भला कौन इतना सोचता है? अर्चना ' दी की बहन की बेटी ने दो-दो बार ब्याह किया, दोनों बार विधवा हो गईं, दूसरा पति इंडियन एअरलाइन्स में था। अब उसकी जगह शान से अर्चना' दी काम कर रही थी।'

'ब्याह में जाकर, ज़रा मेहनत करना; उनका काम-वाम भी कर देना।'

'मीता अगर घर में कोचिंग खोले, तो उसके साथ मैं भी टीम बना लूंगी।'

'सीतू सो गई?'

'हां, बड़ी मेहरवानी की—सो गई।'

'चलो, अब हम भी सो जाएं—'

'बाबू से तो कह आऊं—'

'बाबू, मुकुल, भक्त बाबू, 'वार्तावह' ऑफिस के सभी कर्मचारी, इस वक़्त गहरी नींद में होंगे—'

'यह अच्छा हो गया, पता है? उन लोगों को चाय-नाश्ता दे देता हूं। तनख़्वाह तो ख़ैर, बेहद मामूली-सा देता हूं। लेकिन घर, रसोई में कुछ लोग तो मौजूद रहते हैं।'

'हां, मौजूद तो रहते हैं।'

'अब, अगर मुमकिन हुआ, तो छत की कोठरी भी ठीक-ठाक करा लूंगा। 'वार्तावह' की पुरानी प्रतियां रखने में सुविधा रहेगी।'

'किताबों का पहाड़ भी ऊपर ही चढ़ा दो—'

'हां, चढ़ा दूंगा। आओ, अब सोने चलें—'

'अभ्र, शुभ्र, दीपा, नीपा?'

'सभी ने असहयोग आन्दोलन छेड़ दिया है।'

'अरे, सब कुछ तीन ही दिनों में ठीक हो जाएगा।' दूर्वा ने बाल संवारते-संवारते कहा।

'वे सब निरे अमानुष हो गए हैं। उनके मां-बाप बिल्कुल और तरह के थे।'

'सब अतिशय महत्वाकांक्षी हो गए हैं। इन्सान आजकल बेतरह बदलता जा रहा है। क्यों?'

'शायद! लेकिन, अतिशय भोगवाद की आराधना.....एक न एक दिन बूमरैंग करेगा! पलटकर लौट आएगा।'

'समय। यही समय है। लोगों की तनख़ाह बढ़ गई है, अलग से रुपए कमाने का मौका आ पहुंचा है; रुपए की क़ीमत घट गई है; आजकल इन्सान सुरक्षा खोजने लगा है।'

'असल में, यह समय ही दूषित हो गया है।'

'अच्छा, अब ज़्यादा बात नहीं, चलो, सो जाओ। मच्छर देख रही हो? ये मच्छर बढ़ते-बढ़ते....' अमिय बेहद हल्के मन से सोने की तैयारी करने लगा।

कुणाल और मीता। जान-पहचान तो काफ़ी पुरानी थी।

मधु हालदार ने कहा, 'आजकल जाति का सर्टिफिकेट लेकर पढ़ने की सहूलियत है। अब और कोई बात नहीं। मोटा भात, मोटे कपड़े मैं दूंगा, तुम दोनों पढ़ाई कर डालो। लिखना-पढ़ना सीखो, नौकरी-चाकरी करो, हालत बदल जाएगी।'

उन दिनों ही उन दोनों पर लिखने-पढ़ने का मानो ज्वार आया हुआ था।

लेकिन मीता जैसी तेज़ छात्रा नहीं आई थी। कुणाल लोग अवैतनिक कोचिंग चलाते थे। मीता वहीं जाया करती थी। केमिस्ट्री ऑनर्स में उसे फर्स्ट डिवीजन मिल गया। उसे नौकरी भी मिल ही जाती। लेकिन इस बीच किसी विशाल दवा कम्पनी के अफ़सर से उसका ब्याह हो गया। यह ब्याह उस लड़के के आग्रह पर ही हुआ था। उसे किसी पढ़ी-लिखी, शिक्षिता लड़की की तलाश थी। मीता शिक्षिता भी थी, ख़ूबसूरत भी!

'नौकरी-चाकरी कर लेती, उसके बाद ब्याह होता, जेठू, तो....'

मधु हालदार ने एक न सुनी।

'ऐसा लड़का! मांग-जांच भी बिल्कुल मामूली! ब्याह के बाद भी तुम नौकरी कर सकती हो, बिटिया!'

'अध्यापन की कोई नौकरी....'

'सब हो जाएगा, बिटिया!'

ब्याह हो गया।

अमिय सुन चुका था कि उसके पति ने उसके आश्वस्त किया था—तुम नौकरी करना चाहती हो, ज़रूर कर लेना। मेरा मतलब है...बच्चा ज़रा बड़ा हो जाए....'

लेकिन, ऐसा नहीं हुआ। बिचारा जाने कौन-से वायरस का शिकार हो गया और उसने दम तोड़ दिया। अपने ससुर, सास, देवर-देवरानी-सबके लिए मीता निहायत अशुभ बन गई। सबके लिए बेहद अप्रिय! जब बेटा ही मर गया, बहू निश्चित मनहूस है। मृतक के रुपए-पैसे भी यह आभागी ही पाएगी। यह भी तो पांच साल पहले की बात थी। मीता को जो रुपए मिले थे, वह उसने बेटे के नाम जमा कर दिया। चूंकि बेटा बचपन में अक्सर बीमार रहा करता था, इसलिए मीता ने नौकरी की भी कोशिश नहीं की। इसके बावजूद, वह ट्यूशन करती रही। बाद में उसने एक स्कूल भी खोल लिया।

मीता ने कहा, 'अमिय' दा, लड़क-लड़कियों के लिए, पांच बजे से आठ बजे तक एक स्कूल खोलना है। अरुणोदय के उस पार स्कूल होगा।'

वहां बस्ती बस चुकी है। ज़्यादातर एस. सी. हैं यानी शिड्यूल कास्ट। वैसे कुछेक एस. सी. काफ़ी अर्से से वहीं रसे-बसे हुए थे। चौथी क्लास से आगे पढ़ने के लिए बच्चों को इस तरफ़ आना पड़ता था। कई-कई कार्य-कारणों से यह मुमकिन नहीं हो

पाता था, हालांकि लिखना-पढ़ना न सीखें, तो....'

इसी तरह सिहं बगान जूनिअर हाई स्कूल की स्थापना हुई।

नागरिक समिति से मीता ने ही कहा, 'सारी समस्या क्या नासिरगंज की ही है? अरुणोदय की उस तरफ़ की समस्या है। वहां लोग-बाग बसे हैं, लेकिन रास्ता नहीं है, ट्यूबवेल नहीं है। आधे से ज़्यादा लोगों के पास सर्टिफिकेट नहीं है; ज़मीन के दख़ल का रिकॉर्ड नहीं है, राशन-कार्ड तक नहीं है। तुम लोग उस तरफ़ समिति की एक शाखा खोल लो।'

'तुमलोग नहीं जाओगे, कुणाल' दा?'

लगभग हमउम्र। हमेशा से वे लोग आपस में तू-तुकारी में बात करते थे।

कुणाल ने उन्हीं दिनों मंतव्य दिया था, 'मीता में दम-ख़म है, अमिय'दा वह निहायत अच्छी कर्मचारी साबित होगी।

इसी तरह सारा कुछ चलता रहा। शहर में बातें उड़ने लगीं। आख़िरकार मीता के जाति-बिरादरी, आत्मीय-कुटुम्ब, नाते-रिश्तेदारों ने भी करना शुरू किया। ये बातें कुणाल के कानों तक भी पहुंच ही गईं।

कुणाल ने कहा, 'इतनी बातें क्यों बन रही हैं? मीता से मैं ब्याह करूंगा।'

मधु हालदार ने पहले तो हाय-तोबा मचायी, 'इससे तो सर्वनाश हो जाएगा। बाम्हन की जात तो बेमौत मर जाएगी।'

कुणाल ने कहा, 'यह सब मैं नहीं मानता, मीता भी नहीं मानती।

'और उसका बेटा?'

'हमारे ही पास रहेगा।'

इस बात को लेकर भी नरसीरगंज में कम तूफ़ान नहीं उठा। बातें उठीं भी और दब भी गईं। मधु-हालदार ने भी कोशिश छोड़ दी। आजकल ग़ैर-जात के विवाह बहुतेरे होते हैं। नरसीरगंज भूगोल से बाहर नहीं था। लेकिन, भिन्न जात की विधवा ब्याह करके, एक ही जगह रसे-बसें, अभी भी ऐसा कोई वाकया सामने नहीं आया था।

कुणाल ने कहा, 'भई, कभी न कभी तो ऐसा वाक्या घटाना ही होगा। मुझे मीता की ज़रूरत है, मीता को मेरी।'

कमल ने कहा, 'अच्छा लग रहा है, सर!'

'वार्तावह' ने यह ख़बर छाप दिया। पंचमुकुर में मीटिंग हो रही है, कुणाल'दा' विवाह कर रहे हैं।

दूर्वा बोल उठी, 'भई, तुम भी आख़िर कितने दिनों प्रेम करते रहोगे? अब तुम भी ब्याह-शादी कर डालो।'

'कर लूंगा! कर लूंगा! अब, सब हो जाएगा।'

'कुछ भी अपने आप नहीं होता, कोशिश करना पड़ती है।'

'इतवार की मीटिंग में हम सब भी जाएंगे।'

बाबू ने कहा, 'सर, मैं वहां जाऊंगा और उस मीटिंग की रिपोर्ट लिख डालूं? मैं रिपोर्ट लिख सकूंगा, सर।'

बाबू की बेहद, बे-हद इच्छा थी कि 'बाबू दास' की लिखी हुई चंद रिपोर्ट, 'वार्तावह' में छपे। वह सीतू से कितावें ले-लेकर पढ़ता रहता था और निबन्ध लिखा करता था।

सीतू ने उसकी तारीफ़ भी की थी, 'बाबू काकू, तुम बहुत अच्छा लिखते हो।'

अमिय ने कहा, 'तू छुटपुट लिख दिया कर, तो मैं बच जाऊं। अच्छा तो है, लिख डाल। साईकिल से ही जाएगा न? वापसी में लोगों के साथ ही लौट आना।'

'वे लोग तो कहीं छिप गए हैं!' बाबू ने जवाब दिया।

'छिप गए हैं, तो छिप जाने दे!'

कम्पोज़िटर मुकुल ने कहा, 'देख, बर्तनी की भूल मत करना, बाबू!'

'धत्त्! अब मैं उतनी भूलें नहीं करता।'

पंचमुकुर में मीटिंग से ही जनता, थाने को धिक्कार देते-देते-जामडांगा लौटी।

बाबू को शायद यही लगा कि इन्सान को जब साहस मिला है, तो उसके लिए भय की कोई बात नहीं है।

लेकिन, केनेल मोड़ तक पहुंचने से पहले ही बाबू के सिर पर ईंट गिरी। बाबू जव वेहोश होकर गिरा, उस पर लोहे की रॉड पड़ने लगी।

लगभग पच्चीस लोगों ने आततातियों का पीछा भी किया था। भट्टे की टूटी-फूटी ईंटों के टुकड़े उन लोगों ने भी बरसाए। बाकी लोग तो भाग कर खड़े हुए, मगर सिराज नहीं भाग सका।

सिराज, सामूहिक प्रहार से खून में लथपथ। और सिराज तथा उनके साथियों के हमले से खून में डूबे बाबू को पहले जामडांगा थाना और बाद में नरसीरगंज अस्पताल ले जाया गया।

ख़बर! और -और ख़बर!

जामडांगा थाने के ओ. सी. और ड्यूटी अफ़सर ने अमिय से कहा, 'यह समाज-दुश्मनों की लड़ाई है।'

—जिन लोगों ने बाबू को मारा-पीटा, आप उन्हें गिरफ्तार नहीं करेंगे?

—क्यों झमेला करते हैं? आप अगर वह सब न लिखते, तो यह सब न घटता।

—ग़लती की। आपने बहुत बड़ी ग़लती की।

अमिय लोग बाबू को बहरामपुर अस्पताल ले गए।

'वार्तावह' अख़वार की तरफ़ से अमिय ने सदर में, जामडांगा ओ सी और ड्यूटी अफ़सर के नाम केस दायर कर दिया। मंसूर की दौड़-धूप उस वक़्त काफ़ी मददगार साबित हुई।

नेपाल, बेलून और उन लोगों के चमचों को गैर-जमानती सेक्शन की तहत गिरफ़्तार कर लिया गया। जामडांगा थाने के दो अफ़सरों को मुअत्तल कर दिया गया। सिराज अपनी एक आंख और एक पांव खो बैठा।

बाबू काफ़ी दिनों तक कोमा में रहा। कमउम्र की वजह से ही, वह शायद बच गया और धीरे-धीरे स्वस्थ होने लगा।

अमिय ने सूचना दी, 'तेरी रिपोर्ट छप गई है।'

'कैसे?'

'बस, छप गई है। अब जल्दी से ठीक हो जा।'

'और कुछ तो नहीं हुआ न?'

'केस चलेगा....देखते हैं।'

जामडांगा थाना के नए ओ. सी. ने अमिय को आगाह किया, 'देखिए, ख़बरें वही छापिएगा, जो आपको थाने से मिले। हमसे सहयोग करें।'

'लोगों ने तो थाने पर ही भरोसा किया था।'

'यह तो ख़ैर, करना ही चाहिए था।'

'उस भरोसे से काम नहीं हुआ, इसीलिए....'

'होगा! होगा! काम होगा! मैं लोगों को बुलाकर मीटिंग करूंगा।'

मंसूर साहब ने कई बार कहा, 'चलो, कुछ तो हुआ! यह टेम्पो....यह उत्साह अगर बचाकर रखा जा सके, तो....'

'केनेल मोड़ साफ़ कर दें—' मंसूर साहब ने कहा।

'अब हो जाएगा। सड़क भी बन जाएगी और वहां छोटा-सा एक ब्रिज भी बनेगा। आपको मालूम है, अंधेरे में उन्होंने बाबू को आप समझ लिया था। उन्हें लगा था, वह आप हैं।'

बाद में मंसूर साहब ने कहा, 'इस ओ सी की बातचीत भी क़ायदे की नहीं लग रही है।'

'अब इतनी चिन्ता-फ़िक्र करके भला क्या होना है? उन्हीं लोगों से काम करा लेना होगा। बाबू को क्या....?'

'काफ़ी सारा वक़्त लग जाएगा। बच गया, यही....मंसूर साहब! तस्वीर कुछ ज़्यादा नहीं बदली है। नेपाल जैसे लोग चले भी गए, तो दूसरे लोग आ जाएंगे। क्राइम. ...जुर्म चलता रहेगा।'

'अब क्या कहूं?'

अमिय ने 'वार्तावह' में कुणाल का लिखा हुआ प्रकाशित कर दिया। अपराध शिल्प और शिल्पविहीन सीमान्त जिला का वृहद्तम शिल्प। कुणाल ने ज़िला के चारों थाना इलाकों की खोज ख़बर दी थी।

उसने कहा, 'यह तो नमूना समीक्षा है। इसी वजह से यह कृषि-निर्भर है। दुर्गत,

ज़िला के हालात कुछ तो समझ में आएंगे। लाखों-लाख इंसान हताशा के शिकार हैं। ये लोग किसी न किसी तरह अपराध से जुड़-जाएं, यह प्रलोभन चारों तरफ़ फैला हुआ है! इसके समाधान की कोई और राह तलाश करना होगी। यह बात बिल्कुल साफ़ है कि पुलिस प्रशासन, चाहे डर से या भक्ति से, या फिर लोभवश, इनका साथ देता है, इनकी मदद करता है।'

'कुणाल का लेखन तुम्हें याद है, मंसूर?'

'हां, याद है। लेकिन मैं हिम्मत छोड़ने को राजी नहीं हूं। आपको यह जानकर खुशी होगी कि हमारी मिसेज नन्दी ने उस बच्ची....रेखा को, अपने आश्रम में बिना तनख्वाह के रखने और पढ़ाने का प्रस्ताव दिया है।'

'वह जाएगी?'

'उसके बाप-मां....जो भी हो, 'वार्तावह' का कोई नतीजा तो निकला।'

मंसूर ने उदास-सी हंसी बिखेरते हुए कहा, 'भूखे-नंगे खेत-मजूर की बेटी! घास उसे छीलना ही होगा, अमिय बाबू! दूर न जाए, क़रीब ही सही! कभी-कभी मुझे काफ़ी हताशा महसूस होती है। मैंने पक्का तय कर लिया था, मेरे इलाके में कोई निरक्षर नहीं रहेगा। लेकिन, ऐसा क्योंकर संभव है? जैसी दरिद्र हालत है। मां-बाप तो उदासीन होंगे ही। ऐसे लोग प्राइमरी स्कूल के ज़माने में ही स्कूल छोड़ देते हैं, प्रौढ़ शिक्षा केन्द्र में भी सभी लोग नियमित रूप से नहीं आते।'

'हां, सोचने लगो, तो हताशा ही होती है।'

'छाती बैठ जाती है।'

'हां, जाती तो है!'

'चलता हूं। ख़बर-समाचार देता रहूंगा।'

निराशाजनक हताशा तो आ ही जाती है।

अमिय ने सुप्रकाश से कहा, 'तुम लोग 'वार्तावह' को लेकर, आजकल तुम लोग काफ़ी लिख रहे हो। अच्छा है! अच्छा है! लेकिन ज़रा मूल समस्या पर तो सोचो। जो लोग जिला के अख़बारों में शामिल हैं, वे लोग, जिनकी दूर्नीति पर लिखते हैं, उन सबकी नज़र इस ज़हर पड़ती है! वे लोग अपमानित होते हैं। अफ़सोस की बात यह है कि उन लोगों को तो कहीं रहना पड़ता है। कस्बों का रिपोर्टर आज काफ़ी ज़्यादा विपन्न स्थिति में है। इस बारे में बड़े-बड़े अख़बारों के पाठकों को परेशानी नहीं थी।'

'हां, बात तो सच है।'

'अव, बाबू को ही देखो—'

'बाबू तो बच गया।'

'एक बार बच गया! हालांकि रात के अंधेरे में, उसे मेरे धोखे में....लेकिन, क्या वह बार-बार बचं सकेगा? आज इस अख़बार में....कल उस अख़बार में....'

'हम इस मुद्दे पर भी लड़ेंगे।'

'और अनंग काका की किताब?'

'पूजा के बाद ही प्रकाशित कर दूंगा। लेकिन हज़ार प्रतियां बांटने के बाद, अगर और हज़ार-दो हज़ार प्रतियां छापी गईं, तो वे बिकेंगी या नहीं, यह नहीं पता। ख़ैर, देखते हैं। लेकिन किताब का गेट-अप, शक्ल-सूरत, देखने लायक होगी! इसके विमोचन के लिए, रविन्द्र-सदन में एक कार्यक्रम भी रखूंगा।'

'आजकल, झिटूके किस काम में व्यस्त है?'

'वह ज़िला के राजनैतिक सेनानियों की संक्षिप्त जीवनी और नामों की सूची तैयार कर रहा है। उस वक़्त, यह किताब भी छाप दूंगा।'

'अच्छा है! बहुत अच्छा है!'

नासीरगंज लौटते हुए अमिय सोचता रहा, नसीरगंज के लिए बहरामपुर बड़ा शहर है; बहरामपुर के लिए कलकत्ता बड़ा शहर है। नरसीरगंज अभी भी काफ़ी अविकसित है। यहां कहीं, कोई विकास नहीं हो रहा है, पूरा शहर ख़ामख़्याली तरीके से बढ़ता-फैलता जा रहा है।

भागीरथी बिल्कुल क़रीब से बहती है, लेकिन उसके किनारे, कोई सैरगाह नहीं है। बस, ले-देकर श्मशान।

अगले दिन, ज़रा दिन चढ़े, एक अदद जीर्ण-शीर्ण, मरगिल्ला-सा शख़्स, उसके दफ़्तर में दाख़िल हुआ।

—आपसे ज़रा बात करनी थी।

—हां, कहिए न! आइए, बैठिए!

—बात ज़रा एकान्त में करनी है।

—चलिए! लेकिन ज़्यादा वक़्त नहीं दे सकूंगा।

जिस कमरे में पिछली रात मंसूर साहब लोग सोए थे, वहां काफ़ी रात गए, कभी-कभार अमिय भी वहीं फर्श पर सो जाता था। कभी इसी कमरे में अनगिनत लोग रह चुके थे। पहले, जब वह छुट्टी में आता था, तो उसे तीसरी मंज़िल पर चालान कर दिया जाता था। बाबू जी कहा करते थे—तीसरी मंज़िल पर नदी की मोहक हवा आती है। बाहर के लोग पहली और दूसरी मंज़िल पर ठहरे रहते थे। अमिय के बाबू जी और काली बाबू—दोनों ही अथक रसोइये थे। आगत लोगों की गिनती मुताबिक, भात पकाने के लिए चावल चढ़ा दिया जाता था। उस ज़माने में मांझी-मल्लाह, अपनी नावों में कोयला भर-भरकर लाते थे। जब नावों में कोयला आना बंद हो गया, तब भी 'मांझी का कोयला' शब्द प्रचलित था।

विपुल बाबू के पिता, सुकुल बाबू कविराज, पाटी के हमदर्द थे। बीच-बीच में वे भी 'मांझी का कोयला' या एक मन चावल पहुंचा देते थे।

'मणि बाबू का सदाव्रत चलता है। उनकी मदद करना, हमारा कर्त्तव्य बनता है।' वे कहा करते थे।

काली बाबू खिचड़ी पकाने के हिमायती थे। उड़द-अरहर-खेसारी—किसी भी

दाल की, वे काफ़ी स्वादिष्ट खिचड़ी पकाते थे। बड़ा अच्छा था, वह ज़माना! इस कमरे में बैठकर काली बाबू अख़बार पढ़ते थे और गाना गाया करते थे। पता नहीं, दूर्वा कैसे तो यह घर बेच देने को कह पाती है। अमिय को जानता है, प्रेस-कमरे की दीवार पर, एक बार उसने रंगीन चॉक से लेनिन की तस्वीर आंकी थी।

अब इस कमरे की व्यवस्था बदल गई है। प्रायः समूचे कमरे में एक बड़ा-सा तख़्तपोश बिछा दिया गया है।

अमिय उसी तख़्तपोश पर बैठ गया और उस नवागन्तुक से भी उसने बैठने का अनुरोध किया। वह शख़्स बैठ गया, लेकिन उसका सिर झुका रहा।

'हां, कहिए, क्या कहना है?'

'आपको....धन्यवाद देवे चाहता हूं.... लेकिन मेरे पास भारवा नहीं है....लिखा-पढ़ा नहीं हूं....बाबू! हम-शशांक नस्कर हूं।'

'अच्छा, अच्छा! आप कुछ बताना चाहते हैं?'

आगे सिर उठाया और अपनी आंखें पोंछ डालीं।

'रमा मोरी ही बहुरिया थी, बाबू! हम मंछूर साएब को बताए थे। ऊ कहने लागे--जाएं, जायें, उन लोगन की बतावें। ऊ बड़े भले मानस हैं, बाबू।'

'वह....रमा नस्कर?'

'हां, वो ही....अखनी हम पंचमुकुर में ही रहत हैं....मोरी छाती जलत रहत है....! फिर भी, बाबू, आप ही ई ख़बर लिखे....ऊ पिचाश लोग पकड़े गए....टुक शांति भयी। मोरी मइया कहती है, भगवान, भगवान मत करो, बेटवा! गरीब लोगन का भगवान नाहीं है! अखनी हम ओका बुझावत हैं--मइयो, देखो, ऊ बाबू ही भगवान जइसा काम किहिन! आप जीते रहो, बाबू, लम्बी उमिर हो तुम्हारी।'

'आप तो वैन-रिक्शा चलाते हैं न?'

'हां, बाबू! हमरे छिरीपद बाबू हैं न! ई वैन वो ही दिलाए दिए। का बतावें, बाबू, बड़ी तकलीफ़ में हूं। तीन-तीन बच्चे....विनकी माय बड़ी कामकाजी अउरत थी। धान लावत रही....उबालत रही....कित्ते-कित्ते काम करत रही...। अब हमरी बिटिया काम करना चाहत है, लेकिन हम ओका काम नहीं करने देते।'

'मादपुर से....यह जगह तो अच्छी है।'

'मोरे गरीबन के साथी, अब चलता हूं। वैन में अस्पताल से रोगी लादकर लाए रहे थे, सो साहस करके....आप बुरा न मानें, बाबू! सयानी बिटिया को लेकर ही.... बासी-तासी खाएकर ही....देही गदराए आई है। ओका लेकर बड़ा डरपत हौं, बाबू!'

शशांक नस्कर का डरा हुआ चेहरा! डरी हुई आवाज़! अमिय नए सिरे से परेशान हो उठा। लेकिन, उसके वश में कुछ भी नहीं था।

शाम को अमिय, कुणाल के घर जा पहुंचा।

'कुणाल, क्या यह संभव है? हालांकि यह चाह, ज़रूरत से ज़्यादा है,

लेकिन....। वह शख़्स सोच रहा है, पापी-गुनाहगार को सज़ा ज़रूर मिलेगी, लेकिन यह तो फालतू की सोच है। चौदह-पन्द्रह साल की बेटी है; बाप वैन-रिक्शा चलाता है। थाना तो जामडांगा ही है। गंवाई बिरादरी! बाल-बच्चे, मेरा ख़्याल है, लात-झाड़ू खा-खाकर, दर-ब-दर हो रहे हैं। मंसूर साहब आख़िर कितना कर सकते हैं? उन लोगों को यहां लाकर बसाया जा सकता है? मीता के मुहल्ले में या सिंहद्वार के उस पार?'

'यानी आपको भी यह बात आख़िर समझ में आ ही गई कि समाज-व्यवस्था कब बदलेगी, इसके आसरे-भरोसे बैठे न रहकर, हर इन्सान को भी सामाजिक जिम्मेदारी लेना होगी? कभी, आप ही ढ़ेरों लम्बे-लम्बे लेक्चर दिया करते थे।'

'भई, यह सब तो कर दिखाना होगा।'

'इन सब जगह-वगह से कुछ नहीं होगा, अमिय'दा! मीता लोगों की तरफ़ भी भला क्या है? आदमी, बस, किसी तरह पैर टिका पाया है वहां! ज़मीन के कागज़-पत्तर, नथिंग। मादपुर में भी वे लोग इसी हालत में बसे हुए थे। पंचमुकुर में भी वही हालत है। अब तो किसी नए बाशिन्दे के लिए, रुपए चाहिए।'

अमिय को कमरे में बिठाकर, कुणाल ने चाय बनाते हुए कहा, 'मेरे घर के साथ वह खाली ज़मीन है न, उसका ख़रीदार भी खड़ा हो गया है, हालांकि मुझे बेचना नहीं है। भाई लोग कहीं झमेला न खड़ा कर दें। अगर ऐसा हुआ, तो अपनी लाइब्रेरी उठाकर कहीं और चला जाऊंगा। ख़ैर, अभी वह उसी जगह अपनी झोंपड़ी खड़ी कर ले। उसके पास वैन-रिक्शा तो है ही। लड़की को बैंक से छोटे-मोटे कर्ज़ दिला दूंगा।'

'इतना सब तो मैंने सोचा ही नहीं था, कुणाल।'

'घर तो वह बना लेगा न?'

'उसके लिए मैं हूं न। थोड़ा-बहुत तो मैं भी दे सकूंगा।'

'फाइन! देख लीजिएगा, मीता उन लोगों को फूल भी भेजेगी और घर का काम भी कराएगी।'

'मैं उसे अच्छा-सा फ्लास्क और पम्प स्टोव दे दूंगा।'

'हां, हां, सब कोई मिल-जुलकर नहीं देगा, तो अकेला मैं कहां तक करूंगा?'

'तुम लोगों के पास बर्तन-वगैरह तो पहले से ही हैं न?'

'वे लोग सब बुहार ले गए। उनका दावा था, कोई उनकी मां निशानी है, कोई दादी की!'

'यह तुम क्या कह रहे हो? सबके सब बर्तन हिल्ली-मिल्ली उठा ले गए?'

'अरे, सारे के सारे बर्तन मोन बाबू की दुकान पर नज़र आएंगे। ये कमरे इतने खाली-खाली क्यों हैं? इसीलिए न! ख़ैर, मैंने तो उन लोगों से बाकी सब सामानों का इन्तज़ाम कर जाने को कहा था। मैंने कह दिया था, कोई इन्तज़ाम नहीं किया, तो मैं सारा सामन बाहर फेंक दूंगा।'

'मैंने तो सोचा भी नहीं था कि वे लोग इतना बदल जाएंगे।'

'ख़ैर, वे लोग इतने लालची भी नहीं हैं। वह सब तो, उन लोगों ने मुझ पर गुस्सा दिखाने को किया। पर बेचने के चक्कर में तो भाभी थीं। मैंने उनसे साफ़ कह दिया, अगर उन्होंने घर बेचने की चाल चली, तो मैं अदालत के दरवाजे खटखटाऊंगा। वैसे बड़े भाई, छोटे भइय्या और दीदियां ऐसा बिल्कुल नहीं चाहती थीं। ख़ैर, छोड़े उन लोगों के आ जाने से सुविधा ही रहेगी। मेरे, मीता और गौतम के लिए ख़ासा बड़ा है! वैसे जब हमारे बाल-बच्चे होंगे, तब....'

'अच्छा, बाल बच्चों तक सोच डाला?'

'बेशक़! मैं बड़े परिवार में विश्वास करता हूं। दो-तीन भाई-बहन नहीं, तो....'

'सच्! तुमने ही दिखा दिया, कुणाल।'

'मीता का बच्चा बेहद प्यारा है।'

'वाकई, तुम्हारी शादी....सचमुच की सार्थक शादी होगी।'

मीता और कुणाल के विवाह ने नरसीरगंज को सच ही एक झटका दिया था।

कुणाल ने सबसे कहा, 'तुम लोग तोहफ़े वगैरह दे रहे हो, लेकिन मैं क्या खिला-पिला सकूंगा, पता नहीं।'

विज्ञान चेतना क्लब के उत्साही समर्थक और 'जल-प्रदूषण-प्रतिकार', 'स्वास्थ्यकर खाद्य' वगैरह ज़रूरी पुस्तिकाओं के लेखक, प्रसून, जियागंज कॉलेज में प्रोफेसर! उसके पिता, वकील। इकलौती सन्तान, प्रसून की आर्थिक स्थिति ख़ासी बेहतर। चंदे की वजनी चोट, प्रसून की ही गर्दन पर पड़ी।

प्रसून ने कहा, 'इतना छिछोरापन बर्दाश्त नहीं किया जा सकता। तीन-तीन तख़्तपोश दे रहा हूं, मेज़-कुर्सी भी....उस पर से....'

'अरे, भई, वह सारा सामान तो तुम्हारे घर का ही है।'

'आजकल ऐसी मज़बूत चीजें नहीं बनतीं। मीता के ऑर्गनाइजिंग स्कूल की टीचरें बर्तन-भांडे रख गई हैं।'

'कमला वगैरह ने विस्तार वगैरह दिया है।'

'अमिय ने कहा, 'मुझे तो तुमने दो-दो बार बध कर डाला, कुणाल! फ्लास्क और स्टोव की भेंट, मेरी तरफ़ से। दूर्वा ने कहा, मिठाई खिलाने का जिम्मा उसका। हां, भई, खिला ही सकती है! वह मुझसे ज़्यादा रोज़गार जो करती है।'

'ख़ैर, आपको थोड़ी-बहुत रियायत मिल सकती थी।'

सबने समवेत् लहजे में सवाल किया, 'क्यों? क्यों?'

'अमिय'दा ने न बताया होता, तो मुझे शशांक न मिलता। मैंने देखा, स्टोव तो पड़ा ही रहता है। गीता, सीता बागान से लकड़ी-पत्ते चुन लाती हैं और उसी के सहारे खाना पकाती हैं। लेकिन, हां, शशांक इतने ज़्यादा काम के शख़्स हैं कि.....'

शशांक नस्कर का यहां आकर बस जाना—इस घटना ने शहर को कम झटका

नहीं दिया।

इसकी वजह से अमिय को कई-कई बार, जामडांगा का चक्कर लगाना पड़ा था। 'पंचमुकुर पंचायत' की कोशिशों से केमेल मोड़ के झाड़-झंखाड़ तो साफ़ हो गए और वहां एक बोर्ड भी नज़र आने लगा—काम चल रहा है। ईंट-सपौल के परित्यक्त घर-मटकोठे तोड़ डाले गए। सुनने में आया, वहां का थाना थोड़ा-बहुत सक्रिय हो गया है। लेकिन, अमिय को लगा, यह सब अस्थायी ही होगा।

इन दिनों नेपाल लोगों के खिलाफ़, जामडांगा थाना यानी सरकार ने ही दायर किया था। लेकिन इस क़िस्म के केस अन्त में कहां तक टिक सकेंगे? बीमारी का बहाना बनाने पर, जैसे ही मुजरिमों को अस्पताल भेजा जाता है, वे फ़रार हो जाते हैं; जमानत मिलते ही भाग खड़े होते हैं। नेपाल जैसे लोगों के लिए, पनाह की ढ़ेरों जगहें हैं। हां, शशांक जैसे लोगों के लिए पनाहगाह बेहद कम!

मंसूर ने कहा, 'हां, वह जा तो सकता है, लेकिन उसके बाल-बच्चों की देखरेख कौन करेगा? उसकी बेटी को देखा है?'

'उसे कहां से देखूंगा?'

'पता है, होता क्या है? शुरू-शुरू में लोगों के मन में काफ़ी संवेदना थी, लेकिन अब उतनी नहीं रही....'

'उसे ज़मीन भी तो नाहीं दी!'

'नहीं! रिहायशी ज़मीन बांटी जा रही होती, तो मुमकिन था, उसे डेढ़ कट्ठे ज़मीन दे भी देते। स्पेशल केस के तौर पर। इससे तो उसका शहर चले जाना, ज़्यादा बेहतर है। आपने यह बहुत बड़ा काम किया, अमिय बाबू!'

'मैंने नहीं, कुणाल ने किया।'

'एक ही बात है। चलिए, उसके यहां आपको ले चलूं। भोला नस्कर ने उसे रहने की जगह ज़रूर दी है, मगर उसकी खुद की भी किया हालत है। संगीहीन, अकेला बंदा। क़िस्मत भी बेतरह ख़राब। बड़ा बेटा जब रोज़गारी बना, तो पट् से मर गया। मंझले बेटे के बारे में तो आप भी जानते हैं। नरसीरगंज में ट्रक के धक्के से....छोटा बेटा, अभी बहोत छोटा है। लेकिन, अभी से बिल्कुल बन्दर बन गया है।'

'भोला करना क्या है?'

'आजकल, केमेल मोड़ पर काम कर रहा है।'

शशांक बेतरह अभिभूत। वह एकदम से विह्वल हो आया। वह शहर जा सके, उसने ऐसा कौन-सा भला या बड़ा काम किया? उसे समझ में नहीं आया कि अपने ऐसे नसीब के लिए, वह मंसूर साहब का पैर छुए या अमिय का। उसकी बेटी, गीता, एक चटाई ले आई। सच ही, उस लड़की की कद-काठी, गढ़न इतनी खिलीखिली!

उसी ने बताया, 'यहां घास कटाई, चटाई बुनाई का काम मिल जाता है।'

मंसूर ने कहा, 'तुम अब कमरे में रहना, बिटिया। नहर किनारे, घास-कटी जगह

है, अब उस घर में जाकर रहना, बिटिया।'

शशांक ने कहा, 'मोरी तो यह सब देने की औकात ही नाहीं थी, बाबू। ईहां वैन चलावत है, ओमा भला का मिलत है।

'बस, यही बात याद रखना!' मंसूर साहब ने कहा, 'इन लोगों ने मेहरबानी की है, ये लोग जो कहें, वही करना।'

'हां, बाबू, भगवान....आपलोगन का भला करें...'

'आप फ़िक्र न करें, अमिय बाबू।' मंसूर साहब ने आश्वासन दिया।

बाहर निकलकर, उन्होंने अगला जुमला कहा, 'मैं, चंद बांस दे सकता हूं। लेकिन उसे यही कहना है कि उसने ये बांस ख़रीदे हैं, बाद में धीरे-धीरे, इसकी क़ीमत चुका देगा। इसके अलावा, दस-पचास रुपए भी.....साल में दो-एक बार तो ऐसा करना ही होता है। लेकिन, इस बंदे के बारे में बेकार शोर-गुल मचाकर....यहां, वह असहाय ही है।'

'बाकी और-और केस, किस स्थिति में हैं?'

'उन सबकी स्थिति मत पूछो। चूड़ा गांव में रॉबेया के घर की माली हालत थोड़ा-बहुत ठीक है। वे लोग अपना गांव नहीं छोड़ेंगे। चारों तरफ़, उन्हीं के लोग-बाग़ रहते हैं।'

'श्रीमती दास के पति क्या करते हैं?'

'और क्या करेंगे? बिलबेड़े में उसका पुराना रहना-सहना है। दरअसल, यह क़दम सत्य बाबू वगैरह ने ही उठाया है। हम उनका समर्थन करते हैं। इससे काम भी होगा।'

'कौन-सा काम?'

'गांव के लिए सुरक्षा-फौज न तैयार किया गया, तो काम नहीं चलेगा। एक वक़्त ऐसा ज़रूर था, जब चोरी-डकैती कम होने लगी थी। लेकिन, अब फिर बढ़ गई है....अभी और बढ़ेगी। जितनी सब वारदातें हुईं, वह तो हुईं ही। अब आगे ऐसा न हो,....आप किस-किस वारदात को टालेंगे? धान-चोरी! गाय-चोरी! बिजली के तार-चोरी। सैलो-चोरी। गांव की ऐसी हालत हो जाएगी....'

'हां, अभाव भी किस क़दर बढ़ गया है।'

'हां, अभाव है। मोहताजी है। बॉर्डर है। टपके रुपयों का लालच बढ़ा है। थाने का नमूना तो पहले से ही मौजूद।'

'ख़ैर, थाना अगर काम करे, काम तो होता है।'

'हां, होता है और खूब होता है। पहले भी नहीं हुआ था? अच्छा, चलिए, जब आ ही गए हैं, तो कुछ देर हमारे यहां चलकर बैठें। मेरी ही वजह से बाबू को चोट खानी पड़ी, यह बात मैं भूला ही नहीं हूं।'

'यह सहयोग, काश, आप पहले करते, मंसूर साहब।'

'हर बात का एक समय होता है, आप यह मानते हैं या नहीं? मैं मानता हूं। चलिए, आइए।'

घर के सामने का हिस्सा एक मंज़िला, पीछे से दो मंज़िला-कच्चा घर! बाग,

गौशाला, पोखर से समृद्ध शानदार घर! चारों तरफ़ गृहस्थों के प्राचीन घर-द्वार!

'चलिए, यहां बैठते हैं। लोगों का आना-जाना रहता है। कल्लोल बाबू को भी बुला लेता, लेकिन वे वर्धमान गए हैं।'

कमरे में बेंच, कुर्सी, तख़्तपोश। दीवार पर कांच के फ्रेम में रुई का बत्तख!

मंसूर साहब ने गर्व के लहजे में कहा, 'यह बत्तख अनवरा, मेरी मंझली बेटी ने बनाया है! रुकिए, अपनी बेटियों को बुलाता हूं। आपके बारे में घर में अक्सर बातें करता हूं।'

अमीना और अनवरा लजाई-शर्माई-सी कमरे में हाज़िर हुईं। अमीना ने साड़ी पहन रखी थी। अनवरा सलवार-कमीज़ में थी।

'चल, क़दमबोसी कर। उसके बाद, चाय ले आ। कौन आया है, पता है?'

उन दोनों ने सिर हिलाया और कमरे से बाहर चली गईं।

'वाकई, बेटियां बेहद प्यारी हैं—'

'बड़की का दिमाग ही नहीं चलता। घर-गृहस्थी में उसका मन ज्यादा लगता है। मंझली खेल-कूद में भी अच्छी है, बुद्धि से भी तेज़ है। ट्यूशन लगा दिया है। दीदीमणि पढ़ा जाती हैं। लेकिन बड़की ही....'

उनकी बेटियां काफ़ी चुस्त और फुर्तीली थीं। वे दोनों चाय, बिस्कुट, रसगुल्ले और केले ले आईं।

'इतना सारा?'

'केले तो अपने पेड़ के हैं। मिठाई घर में ही थी। अरे, पानी नहीं लाई?'

अनवरा पानी रख गई।

'खाइए, अमिय बाबू। देख लिया न, मेरी लड़की को। उसे पढ़ाने का इरादा था। मेरी बहन ने तो ब्याह के बाद बी. ए. पास किया। कलकत्ते के किसी स्कूल में पढ़ा रही है। आजकल लिखना-पढ़ना बेहद ज़रूरी है। मंझली बेटी ज़रूर पढ़ेगी।'

'ख़ैर, पास कर लेने के बाद ही, उसका विवाह कीजिएगा।'

'इरादा तो यही है। मेरी बेटियां ही अगर न पढ़ें! मैं और पांच लड़कियों के बाप से किस मुंह से कहूंगा कि अपनी बेटियों को स्कूल भेजो?'

'हो जाएगा, सब ठीक हो जाएगा।'

मंसूर साहब हंस पड़े।

'मुर्गियां पालना, साग-पात पकाना, ऊन बुनना—हर काम में उनका मन लगता है। बस, पढ़ना छोड़कर, हर बात में उनकी दिलचस्पी है! काले रंग की मखमल पर, मोतियों का ताजमहल बनाया है। देखने लायक हैं ख़ैर, आपकी बेटी कैसी है?'

'वह ज़रूरत से ज़्यादा ही, किताबी कीड़ा है। उसके अलावा, सेहत से भी काफ़ी कमजोर है।'

'आपके वालिद काफ़ी मशहूर हस्ती थे।'

'आप उन्हें जानते थे?'

'मेरे अब्बाजान का आना-जाना था। वे भी आया करते थे।'

'अच्छा, तो आज मैं चलता हूं।'

'अच्छा। शशांक आपके यहां पहुंच जाएगा। आप बेफ़िक्र रहें।'

पहली बार शशांक अपने बाल-बच्चों को यही छोड़ गया। अगले दिन वह चंद बांस, पचास रुपए और दस किलो चावल साथ ले आया। फिलहाल, उन लोगों ने कभी रसोई और भंडार के काम आने वाली दो कोठरी में रहना-सहना शुरू कर दिया। विवाह-समारोह बीत जाने के बाद, वे लोग अपना घर बना लेंगे। शशांक का वैन-रिक्शा, घर के अन्दर, आंगन में ही खड़ा रहता था।

शशांक तो मानो धन्य हो गया। छोटी-सी बगिया अब, साफ़-सुथरी नज़र आने लगी। घर के अन्दर, आंगन में बिखरे हुए डाल-पत्ते, सूखे पत्ते भी अब एक ओर समेट दिए जाते थे।

गीता और सीता ने समूचे घर को चमका डाला। मकान की सूरत ही बदल गई।

कुणाल का ब्याह, प्रीति-भोज, सब कुछ एक ही दिन। मधु हालदार ने इस विवाह का विरोध ज़रूरत किया था, मगर विवाह के दिन उसने कोई झमेला नहीं किया। शशांक के वैन में उसने अपनी तरफ़ से मछली भेजी।

उसने पड़ोसियों से कहा, 'ब्याह तो हो रहा है! पहले, डोम समाज में ऐसा नहीं होता था?'

'वह तो उनकी अपनी बिरादरी में!'

'हम सब एक सी हैं! पिछड़ी जाति!'

'दूसरी-दूसरी जाति में ऐसा नहीं होता था।'

'मीता ने जितनी लिखाई-पढ़ाई की है, उसके लायक लड़का, अपनी बिरादरी में, इस शहर में भी नहीं है। उस वक़्त भी तो उसके विवाह में अड़चन आई थी। एम. एस. सी. लड़का मिला, इस वजह से.... और इस बार भी देखो, अपनी जाति-बिरादरी का कोई लड़का, मेरी विधवा भतीजी के लिए भला मिलता? उससे ब्याह करता?'

'विधवा....अशुभ....कुलक्षणी....'

'जिसने ब्याह किया, यह सब, वह समझे....'

'यानी मीता जात में शामिल हो गई?'

'ना, न वह शामिल हुई, न वह जात-बाहर हुआ। कुणाल जात-पात नहीं मानता। इतनी सारी बातें क्यों? आजकल जैसी हवा चल रही है, उसी के रुख़ पर चलते रहो। किशोर की बेटी के ब्याह में इतनी हो-हुज्जत हुई, लेकिन नौकरिया बेटी ने माना? उसने इसाई से ब्याह नहीं कर लिया? मीता को मना करता, तो भला वह सुनती?'

मधु हालदार ने मछली भेजी थी। इसके अलावा, चावल-दाल-बैंगन-तेल-मसाला, रसोई के बर्तन-भांडे लेकर, वह खुद हाज़िर हुआ।

उसने कुणाल से कहा, 'अब चाहे उधार-कर्ज़ा लेकर भी क्यों न करना पड़े, मुझे

करना तो पड़ेगा ही। मेरा क्या मान-इज़्ज़त नहीं है?'

'आपने इतने सारे रुपए ख़र्च कर डाले?'

'नहीं, यह मेरे अकेले का रुपया नहीं है। मीता ने भी कुछ रुपए, बैंक से उठाकर दिए हैं। लोग-बाग उसके ब्याह में आएं और मुंह जुठारे बिना चले जाएंगे?'

'यह सब करेगा कौन?'

'क्यों? शशांक है न!'

'शशांक'दा?'

'अरे, उस बंदे को क्या मैंने आज पहचाना है? वह होटल में खाना पकाता था? राजमिस्त्री का काम भी किया है! वह तरह-तरह के पकवान बनाना जानता है। इतने दिनों से शशांक का नाम सुनता आ रहा हूं। वह शशांक अपना यही शशांक है, यह बात....'

'अकेला वह सम्भाल नहीं सकेगा।'

'वह अकेला क्यों सम्हालने लगा? वैसे अपने मठ के महोत्सव में, पांच सौ लोगों का खाना, मैंने अकेले पकाया है। मीता यह बात जानती है। बचपन में तुमने भी तो मेरे हाथ का खाना खाया है, अब तुम्हें याद नहीं है।'

अंत में, मीता की सहकर्मी अध्यापिकाओं ने फ़र्श पर रंगोली भी आंकी, दरवाजे पर देवदारु के पत्तों की माला भी टांग दी। गीता के बदन पर नयी साड़ी नज़र आयी; सीता और प्रवीर के बदन पर भी नए कपड़े। मीता की मां, गौतम को गोद में लिए बैठी रहीं। मीता ने तांत की नई साड़ी पहनी थी। वह कुर्सी पर आ बैठी।

कुणाल ने उसे छेड़ा, 'आज तू भी सज-धज गई?'

प्रसून एकदम से एतराज उठाया, 'एइ, एइ, तू-नुकार मत कर। इस कुणाल के बच्चे ने दही का जिम्मा भी मेरे कंधे पर डाल दिया है।'

'भई, इतनी सारी पब्लिक मिलकर, ब्याह करा रही है। अब जन-गण की यह बात भी तो रखो–'

दूर्वा, मीता के लिए साड़ी और मिठाई लाई थी।

विवाह देखते-देखते, सीतू ने कहा, 'वाह! मैं भी बिल्कुल इसी तरह अपना ब्याह करूंगी। कितना मज़ा आ रहा है।''

खाने-पीने का आयोजन बिल्कुल संक्षिप्त था। भात-दाल, बैंगन-भाजा, मछली, दही-मिठाई!

मछली खाते हुए अमिय ने कहा, 'शशांक, इतनी सब तैयारी के बारे में तो तुमने नहीं बताया था–'

'अरे, बाबू, सब करम का फल है....अनगिन काम सीखे पड़ा। लेकिन वैन से तो अइसा चिपका कि....। कभी, रेलगाड़ी में वेजीटेबुल चांप तक बेचे हैं हम, मालूम?'

'पूजा के समय दुकान लगाओ, शशांक'दा.....और किताब-मेला में भी....' कमल ने सुझाव दिया।

'भई, तुम अपना ब्याह कर डालो, पकवान वह पकायेगा–'

'अगर आप सब इसी तरह मेरी मदद का वादा करें, तो मैं अब्भी शादी कर लूं! इसी वक़्त!'

'नामंजूर! नामंजूर! भई, तुम ठहरे बड़े और अमीर बाप के बेटे! वह भी इकलौते बेटे। तुम्हारी शादी तो धूमधाम से होगी। हम लोग तो बस, वहां हाज़िर हो जाएंगे और तुम्हारा मनोबल जुटाएंगे।' कुणाल ने कहा।

प्रसून अचानक हंस पड़ा, 'तुम लोग तो सिंह राजपूत थे न? घोड़े पर सवार होकर विवाह करने जाएगा।'

दूर्वा ने उनके नए बिस्तर पर एक फूल रख दिया।

'भई, इतना-सा भी क्यों बाकी रहे?' उसने कहा।

इस तरह, काफ़ी आनन्द-उल्लास, हंसी-दिल्लगी के बीच विवाह सम्पन्न हो गया।

घर लौटकर, दूर्वा ने कहा, 'चलो, मज़े-मज़े से विवाह निपट गया।'

सीतू ने कहा, 'मां, गौतम कुणाल काका को 'कुणाल' बुलाता है, पता है? ख़ासा मज़ेदार बच्चा है।'

'चलो, मसला ही ख़त्म! 'पापा' कहता, तो बड़ा अजीब लगता–'अमिय ने कहा।

'पता है, पापा, गीता कुल चार क्लास तक पढ़ी है?'

'अब पढ़ेगी!'

'चलो, अब सो जाओ, सीतू!' दूर्वा ने उसे हिदायत दी।

उसने अमिय से कहा, 'शशांक का परिवार यहां आ गया, अच्छा हुआ।'

'हां, अब हर परिवार ही छोटा होता जा रहा है। लेकिन, गांव-कस्बे में पांच लोगों का साथ रहना ही बेहतर है।'

'कुणाल खासा हिम्मती है न?'

'हां, सो तो है!'

'वह काफ़ी कुछ अपने भाई जैसा है!'

'काफ़ी कुछ न सही, थोड़ा-बहुत मेल तो ज़रूर है।'

'तुम्हारा क्या ख़्याल है, मीता क्या अपने पहले पति को बिल्कुल ही भूल गई है?'

'पता नहीं, दूर्वा, मगर कुणाल से उसने ब्याह अचानक नहीं किया, काफ़ी समझ-बूझकर ही किया है।'

'ख़ैर, अच्छा ही किया।'

'बहुत अच्छा किया! अकेले रहते-रहते, कुणाल बेतरह हांफ उठा था।'

'मीता को नौकरी नहीं मिली, यही.....'

'ख़ैर, घर बैठे ट्यूशन करेगी, तो काफ़ी आमदनी होगी। समूचे शहर में उस जैसा रिजल्ट, किसी ने नहीं किया। देखना. वे लोग गृहस्थी की गाड़ी ठीक चला लेंगे। ऐसे लोग मज़े-मज़े से चला लेते हैं।'

कुणाल का घर, वाकई, विचित्र हो उठा था।

आख़िरकार शशांक का घर बन ही गया। ईंटों की गंथनी, दरवाजा, एक तरफ़ वैन-रिक्शे का शेड। पुराने टिन की छादन।

कुणाल ने कहा, 'यह मेरा इन्वेस्टमेंट है! रुपए तो उठ ही आए हैं, बाकी भी उठ आएंगे।'

सीता और प्रबीर सत्यभामा प्राइमरी स्कूल में भर्ती हो गए। गीता और मीता मिलजुलकर खाना पकाती थीं। गीता के पास गौतम को छोड़ जाने में भी सहूलियत थी।

मीता ने कहा, 'रोज़गार-पाती ज़रा ठीक-ठाक हो जाए, तो गीता को ऑर्गनाइजिंग स्कूल में ले लूंगी।'

उन दिनों कुणाल जिला स्कूलों पर रिपोर्टिंग किया करता था। उसकी भाषा मानो अंगारे उगलती थी।

अमिय ने उसे हिदायत दी, 'किसी का नाम मत लेना, न किसी पार्टी का नाम लेना। अब मैं कोई झमेला नहीं चाहता।'

'अच्छा, नीति-बदल?'

'देखो, कुणाल, कोई ख़ास घटना या वारदात हुई, तो 'वार्तावह' लड़ जाएगा। लेकिन, हर मामले में कोई युक्ति हो, यह ज़रूरी है! 'वार्तावह'—समूचे शहर में एक संस्था है। शायद तुम्हें जानकारी न हो, सन् सत्तर के दशक में भी, 'वार्तावह' ढ़ेरों ख़बरें छापता रहा। एक बार नहीं, कई-कई बार, मेरे बाऊजी को मैजिस्ट्रेट के सामने खड़ा होना पड़ा था।'

'नरसीरगंज थाने की भूमिका ठीक ठाक थी?'

'हम सब तो सिंहबागान में ही गिरफ़्तार कर लिए गए थे।'

'मौसा जी को भी जाना पड़ा था?'

'हां, जाना पड़ा। मैजिस्ट्रेट ने जवाब तलब किया था—मणि बाबू आप ऐसी ख़बरें क्यों छापते हैं?' बाऊजी ने जवाब दिया, 'क्योंकि यही सब घट जो रहा है।' मैजिस्ट्रेट ने अगला सवाल किया, 'अनंग बाबू के बारे में इतना कुछ लिखने की क्या ज़रूरत थी?' बाऊ जी का जवाब था, 'ज़रूरत थी! अनंग बाबू जैसी उम्र का शख़्स, इस आन्दोलन में शामिल है, उनका पिछला इतिहास, जनता नहीं जानना चाहेंगे?' मैजिस्ट्रेट ने मानो हथियार डाल दिए, 'अब मैं आपसे क्या कहूं?' बाऊ जी का साफ़ जवाब था, 'कुछ मत कहिए, मुमकिन है आपकी बात मैं न मानूं।' मैजिस्ट्रेट ने अफ़सोस जाहिर किया, 'आपका अपना बेटा भी उग्रपंथी हो गया, वेरी सैड! आप ठहरे अहम् हस्ती...' बाऊ जी के पास इसका भी जवाब था, 'देखिए, जब मेंने राजनीति की, अपने पिता की बात नहीं मानी। इसलिए बेटे को रोकने वाला मैं कौन होता हूं? वैसे मुझे नहीं लगता कि वह ग़लत कर रहा है।' जज ने फिर पूछा, 'यानी अख़बारों में आप इस क़िस्म की ख़बरें छापते रहेंगे?' बाऊ जी ने छूटते ही जवाब दिया, 'देखिए, मेरे जिला सफर में, अगर

मेरे बंदी बच्चों पर गोलियां चल सकती हैं, तो अख़बार वह ख़बर दे ही सकता है और आप अपने फ़ैसले मुताबिक क़दम उठा सकते हैं।'

कुणाल को ये सब बताते हुए अमिय को ख़्याल आता रहा, उसके बाऊ जी और काली बाबू ने कितने-कितने जोखिम उठाए थे। मगर वे लोग क्या उसकी राजनीति में विश्वास करते थे?

बाऊ जी ने उसके इस सवाल का कभी ज़वाब नहीं दिया।

उन्होंने सिर्फ़ इतना ही कहा, 'अख़बार, ख़बरें छापता रहेगा।'

उस ज़माने का 'वार्तावह' आज इतिहास बन चुका है। मेदिनीपुर जेल में दो-दो बार, बंदी-हत्या! बहरामपुर जेल में दो बार बंदी-हत्या! पहली बार तो, दमदम सेंट्रल जेल में लाठी से पीट-पीटकर, सात लोगों को.....! अलिपुर सेंट्रल जेल में दो बार! हुगली जेल! वर्धमान जेल!

उन दिनों 'वार्तावह' का नियमित प्रकाशन होता था। खेती-बाड़ी की ख़बरें, खाने-पीने की ख़बरें, केलोसोना गांव की प्राचीन गणेश मूर्ति मिलने की ख़बर!

जब ढ़ेर सारी दूसरी-दूसरी ख़बरें जम जाती थीं, तो 'विशेषांक' निकलता था। गुपचुप इधर-उधर भेज दिया जाता था; कुछेक अंक यहीं छिपा दिए जाते थे। मधु हालदार का जेठू भाई-कैशा हालदार! वह 'यात्रा' नाटकों में रावन सजता था! वह 'संकीर्तन सहित शवदाह' पार्टी का मूल संगठन था। एक सौ आठ शवदाह का पुण्य-कार्य सम्पन्न करने के बाद। उसे नाम 'चैनी' या 'चीनी' नाम दिया गया था। कोयले की दुकान पर, तराजू की एक तरफ़ कैशा और दूसरी तरफ़ चीनी के बोरे तौले जाते थे। उसकी वजन के बराबर चीनी तौलकर, बांट दिया जाता था। यह 'चेनी दान' आज भी प्रचलित था! मन्नत-पूर्ति, रोगमुक्ति जैसे अनगिनत तकाजे पर, अब भेली गुड़ में किलो भर चीनी मिलाकर, बांटा जाता है।

वह कैश हालदार भी अपने घर में गुप्त रूप से यह अख़बार रखता था। अमिय वे अख़बार, उसके यहां से उठा लाया और उन्हें मढ़ाकर, ज़िल्ददार बना लिया! आख़िर वह इतिहास है!

इतिहास!

अमिय ने कहा, 'बेवजह खोंचा मारकर, अर्धसत्य ख़बरें छापकर, बाज़ार गर्म करना, 'वार्तावह' की नीति नहीं है, कुणाल! ज़रूरत पड़ने पर 'वार्तावह' जोख़िम भी लेता है, यह बात साबित हो चुकी है।'

'यह तो ख़तरनाक बात है, अमिय'दा! आपकी बातों से मैं प्रभावित होता जा रहा हूं!'

'बूढ़ों की बातों से क्या प्रभावित होगा!'

'नहीं, आप कभी, किसी दिन भी बूढ़े नहीं होंगे।'

'तुम्हारी भाभी का तो कहना है कि मैं कभी जवान हुआ ही नहीं! चरि-बूढ़ा ही रहा!'

'आप भी न, क्या बात करते हैं! मैंने खुद अपनी आंखों से देखा है, मेट्रो में एक-दूसरे के हाथों में हाथ डाले, 'सुवर्णरेखा' फिल्म देख रहे थे।'

'चलो, यह लिख डालो—'

ख़बर वाकई ज़बर्दस्त थी—'शिक्षक नियुक्ति एक फलता-फूलता कारोबार!'

ज़िले में, ख़ासकर ग्रामीण इलाकों में, अध्यापक-अध्यापिकाओं की नियुक्ति से जुड़ा, अच्छा-ख़ासा कारोबार चल रहा था। विभिन्न दलों और सिद्धान्तों से जुड़े शिक्षक संगठन, इस बारे में ख़ामोश क्यों थे? किसी ने क्या उन्हें हिदायत दी है कि 'तुम रहो ख़ामोश!'

शिक्षकों को नौकरी का पत्र थमाते हुए, रुपयों का मोटा अंक वसूल किया जाता था। उसकी शैक्षिक योग्यता, नियुक्ति की मापकाठी नहीं थी।

स्कूल उन्नयन फंड में कौन, कितने हज़ार रुपए दे सकता है, यही उसकी योग्यता का मानदंड माना जाता था।

रुपयों की यह राशि बढ़ते-बढ़ते, अब बीस से सात हज़ार रुपयों तक पहुंच गई थी। इसके प्रमाण स्वरूप, आवेदनकर्ता का नाम, उसकी योग्यता, उससे मांगे गए रुपयों की राशि, स्कूल का नाम—ये तमाम क़ागज़ हमारे पास मौजूद थे। अगर किसी ने चुनौती दी, तो इन्हें प्रकाशित किया जाएगा।

शिक्षा विभाग के प्रतिनिधि विशेषज्ञों के सलाह-मशवरे की इन स्कूलों के अधिकारी कतई परवाह नहीं करते।

तो क्या योग्य शिक्षकों की नियुक्ति नहीं हो रही है? हो रही है। लेकिन उन सबको उस उस अपमानजनक शर्त के आगे आत्मसर्पण करना होता था।

इंटरव्यू से पहले प्रार्थी को डराने-धमकाने की मिसालें भी मौजूद हैं। एक्सचेंज के मारफ़त, किसी गांव के स्कूल से साक्षात्कार का पत्र मिलने के बावजूद, साक्षात्कार से पहले उम्मीदवार को वापस लौट जाना पड़ा था।

जिला स्कूल पर्यवेक्षक, विभिन्न शिक्षक समूह इस बारे में जानबूझकर अनजान बने हुए थे। कोई अपनी जुबान नहीं खोलता था। जो लोग बेरोज़गारी की तंगहाली से छुटकारा पाने के लिए, इन तमाम शर्तों को क़बूल करते हुए, नौकरी में शामिल हो जाते थे, पता नहीं, उन्हें क्या कहा जाए।

यह ख़बर छापने से कितने लोग बौखला जाएंगे, अमिय को इसका अन्दाज़ा नहीं था।

दूर्वा ने कहा, 'भई, जिन लोगों की देने की औकात है, वे लोग देते हैं। डेवलपमेंट फंड में कौन नहीं देता? रुपयों के बिना, स्कूल का विकास क्योंकर संभव है?'

प्रसून ने भी कहा, 'घर में शांति से बैठे रहना, तुम्हें नहीं सुहाता न?'

'क्यों? क्या हुआ?'

'आपने 'क' से लेकर 'ह' तक, तमाम शिक्षक संगठनों को बेभाव नाराज़ कर

दिया है।'

'यानी यह ख़बर सच है?'

'वार्तावह क्या रिश्वत-घूसखोरी की ख़बर छापना चाहता है? रुपयों का लेनदेन कहां नहीं होता?'

'भई, प्रतिवाद आएगा, तो वह सच्चाई भी छाप दूंगा।

'देखिए, दुश्मनों की क़तार मत बढ़ाए। जनता को अपने अख़बार का समर्थक बनाने की कोशिश करें।'

'हर क़िस्म की ख़बरें छापना ज़रूरी है।'

बाज़ार में उसे नसीरगंज थाने के ओ सी विश्वास ने धर दबोचा। विश्वास भी कोई गंगाजल में धुला तुलसीदल नहीं था। यह बात सबको मालूम थी कि उन्हें जगह-जगह से हिस्सा मिलता था। लेकिन, काम दिखाने में, वे बिल्कुल चुस्त थे। वे निकम्मे नहीं थे। वे तो यहां तक कहते थे कि शहर में अपना एक 'इमेज' बनाए रखना, बेहद ज़रूरी है।

'इमेज' क़ायम रखने की गरज से ही, वे सुबह-सवेरे पैसे देकर, बाज़ार से सौदा ख़रीदते थे और ज़ोरदार आवाज़ में उसका डंका भी पीटते थे, 'पैसा देकर खरीदता हूं, भइये, तुम भी कम पैसे में सामान क्यों दोगे? मैं भी सड़ी-गली मछली क्यों खरीदूंगा?'

वे हमेशा ही डुगडुगी पीटते रहते थे, 'भई, मैं ईमानदार....बिल्कुल सच्चा इन्सान हूं। पैसे देकर सामान ख़रीदता हूं। बाज़ार से मुफ़्त में नहीं झटकता—'

एक दिन, मधु हालदार ने भी कहा था, 'इसका मतलब नहीं समझे, अमिय बाबू? सरकारी काम....नौकरी बहुतेरे लोग करते हैं। वे लोग दाम चुकाकर ही, सामान ख़रीदते हैं। ये सब माल जहां पहले होते थे, ये लोग झटके में वसूल लेते थे। लेकिन अब, जनता की आंखें भी खुली होती हैं और पॉलिटिक्स का भी ख़ासा दबदबा है। इसलिए अब नकद पैसे देकर, ये लोग चीज़ें ख़रीदते हैं, मन ही मन तो कचोटते रहते हैं। दिखाते यह हैं कि बहुत बड़ा काम कर रहे हैं, सब उनकी वाहवाही करें।'

विश्वास ने अमिय से कहा, 'ख़बर पढ़ी—'

'कुछ कहना है?'

'वो रविन्द्र-संगीत की लाइन है न....'

'तुम रहो नीरव....'

'मेरी गिन्नी बेतरह 'फायर' हो गई है। कहने लगी, मेरी बहन, रविन्द्रनाथ के....साइलेंस यानी 'नीरव', 'चुप-चुप'....इन शब्दों पर रिसर्च कर रही है; यह बात तुम्हीं ने उनको....यानी तुमको बताई होगी, तभी तो.....वर्ना वे, यह बात क्यों लिखते?'

'आप भी क्या बात करते हैं? उनकी बात, भला मुझे कहां से पता होगी?'

'आप जानते हैं। आपको ज़रूर किसी ने बताया होगा कि झुमुर दत्त ने तीस हज़ार रुपए देकर, मालपाड़ा स्कूल में दाखिल हुई है, वह रिसर्च भी कर रही है। मैंने

पकड़ लिया न?'

'देखिए, ढ़ेरों केस की रिपोर्टिंग हुई है। उसमें उनका नाम है या नहीं, देखूंगा।'

'देखें भी, तो उसे हरगिज़ मत छापिएगा।'

'ठीक है! ठीक है! आजकल थाने से कोई ख़ास ख़बर नहीं मिल रही है....'

'कोई ख़बर होगी, तो ज़रूर मिलेगी। यह जामडांगा नहीं है। नसीरगंज गुनाह, पाप को प्रश्रय नहीं देता।'

'न दे, तो गनीमत है।'

'सब भला, अगर अंत भला। क्यों, क्या ख़्याल है? आपके विवेक और भली बुद्धि की मैं तारीफ़ करता हूं।' अचानक वे और क़रीब चले आए, 'वैसे मैं जामडांगा, चाराबाड़ी, दो-शिमुले, वग़ैरह तमाम थानों की अनगिनत ख़बरें दे सकता हूं।'

अमिय ख़ामोश रहा।

'मेरी सलाह मानें, हमेशा दूर-दूर की ख़बरें लिखें, क़रीब की ख़बरों पर कलम न चलाएं। अपने थाने से सहयोग करें। अख़बार और थाना, अगर आपस में हाथ मिला लें, तो....। कौन-सी मछली ख़रीद रहे हैं? मुझे तो आज, ताज़ा मौराला मछली चाहिए–'

यह थानेदार क्या धमकी दे गया?

शहर का सबसे व्यस्त मूर्तिकार, फटिक उसने बैंक से कर्ज़ लेकर, छोटा-मोटा, अच्छा-सा कारोबार शुरू किया। अब तीनों भाई देवताओं की मूर्तियां गढ़ने में व्यस्त रहते थे। देव-मूर्तियों के अलावा, वे लोग मिट्टी के गुड्डे-गुड़िया, लेकिन-मार्क्स-रविन्द्रनाथ-नेताजी-महात्मा गांधी-इन्दिरा गांधी-खुदीराम-नज़रुल वगैरह की भी मूर्तियां गढ़ते थे। 'पूजा' के मौके पर इनकी बनाई हुई मूर्तियों की प्रदर्शनी भी लगी थी।

उसी फटिक ने अमिय से पूछा, 'सर, दारोगा क्या कह रहा था?'

'कुछ नहीं, बस, यूं ही बातचीत कर रहा था।'

'यूं ही, वह कोई बात नहीं करता, सर आपने हमारी बातें लिखी है, सर, हम कितने खुश हैं, सर....! सीतू के लिए सरस्वती की एक मूर्ति बनानी है–'

'क्यों सीतू ने फर्माइश की है?'

'हां! कुणाल'दा की लाइब्रेरी में एक ज़बर्दस्त किताब पर नज़र पड़ी! पता नहीं, किसने तो लाइब्रेरी को भेंट की है। उसमें चतुर्भुजा सरस्वती की जबर्दस्त तस्वीर है। उस ज़माने में पत्थर से बनाई गई थी। सोचा है, सीतू के लिए वही बनाऊंगा! कुणाल'दा को नज़र करूंगा क्या बताऊं, अच्छी-अच्छी चीजें बनाने का मन तो बड़ा करता है, लेकिन कोई उसकी कद्र समझे, तब न....?'

'चलो, सरस्वती की मूर्ति बना ही देना।'

'तस्वीर देखकर मूर्ति मैं भी बना सकता हूं। कोशिश करूं, तो क्या मैं नहीं बना सकता?'

'सच्ची, यह तो बहोत बढ़िया आइडिया है।'

फटिक खुश-खुश चला गया।

हैरत है! चारों भाइयों के हाथ मूर्ति गढ़ने में कुशल! उंगलियों से छूते ही मूर्तियां आकार ले लेतीं। सब्जी बेचनेवाला पिता, मां और बीवी खेतिहर! बाप बेटों को 'गर्भस्राव' कहता था। अब उनके पिता बेतरह विभ्रान्त!

हालधार ने अभी उसी दिन कहा था, 'देवताओं की मूर्तियां तो पाल लोग गढ़ते हैं। बाउरी का बेटा मूर्तियां गढ़ता था, बेचता था। उसे बैंक से कर्ज़ भी मिल गया। आप लोगों ने सही कहा। लेकिन यह हुआ क्या?'

'तुम्हारे बेटे तो घर-बारी हैं?'

'हां, कह सकते हैं। हमारे घर पर टिन का छादन होगा। अपना ट्यूबवेल होगा—इन सबकी तो मैंने उम्मीद भी नहीं की थी; सोच भी नहीं सकता था। खटिक मेरे हाथों कितना पिटता रहा, इसलिए कि वह मिट्टी की मूर्तियां गढ़ा करता था।'

'उसके हाथों में तो जादू है! वह तो हमारा गर्व है।'

'उसकी मां भी यही कहती है। मैं ही सोच में पड़ा रहता हूं, मिर्चा-बैंगन उपजाने वाले किसान का बेटा....'

फटिक जैसे लड़कों को देखकर, 'जन्मजात प्रतिभा' शब्द की व्याख्या नहीं मिलती।

'नमस्ते सर, आप अच्छे तो हैं?'

'हां, मैं मज़े में हूं, तुम? श्यामली अच्छी है न?'

'सब बिल्कुल ठीक है। ये हैं मेरी भाभी। मेरे भइया को तो आप जानते हैं। भाभी का कभी बाहर निकलना होता ही नहीं। मैंने ही कहा, चलो, ज़रा खरीदारी कर आएं—'

ठेकेदार, भजन पाल का छोटा बेटा, सुजन! यानी वह चंचल-छबीली औरत, पूजन की बीवी, नमिता है? पूजन तो किसी 'नर्व' की बीमारी का शिकार होकर, कामधाम से अलग हो गया था। अब उसकी बीवी को लेकर, सुजन ही घूमता-फिरता था। अमिय ने सुजन के साथ श्यामली को कभी नहीं देखा। श्यामली बहुत बढ़िया गाती थी। लेकिन जैसे ही उसने कॉलेज में क़दम रखा, उसके बाप ने दन्न से उसका ब्याह कर दिया।

अरुणोदय नामक नए शहर के सिंहद्वार में भजन पाल की, चहारदीवारी घिरी विशाल कोठी! बाग-बगीचे, गाड़ी, जेनरेटर सभी कुछ वहां मौजूद! ठेकदारी का दफ़्तर बहरामपुर में। यहां वे लोग लैंड डेवलपमेंट और बिल्डिंग के कॉन्ट्रैक्टर बन गए हैं। अमिय परिवार, श्यामली के प्रीति-भोज में शामिल हुआ था। श्यामली दूर्वा के ही स्कूल में पढ़ती थी। उस समय, अमिय ने दो नन्हें बच्चों को भी देखा था, पूजन के बच्चे। एक ही दिन, विश्वास बाबू और सुजन से भेंट हुई थी, अमिय को यह बात काफ़ी दिनों तक याद रहेगी!

उसके फौरन बाद ही तो नसीरगंज शहर पर वज्र-विद्युत समेत आसमान टूट पड़ा था। वैसे समूची घटना में नाटकीयता बहुत ज़्यादा थी। लेकिन नाटक का अंत वियोग था।

सुजन से भेंट होने की बात सुनकर, दूर्वा ने कहा, 'श्यामली का बाप धन्य-धन्य

है, भइया! पता नहीं क्या देखकर उसने सुजन से अपनी बेटी का ब्याह किया।'

'रुपया देखकर, और क्या? शायद वह बड़े लोगों की बिरादरी में शामिल होना चाहता था। धान-पाट के कारोबार में, गांव की गंध होती है। मगर शहर के ठेकेदार के रुपयों में शहरी गंध जो होती है।'

'लेकिन इसलिए अपनी बेटी को ही....'

'सुजन तो काफ़ी ज़माने से नमिता के साथ....'

'यह तुम क्या कह रहे हो?'

'सभी जानते हैं। पूजन सात साल से बिस्तर पर पड़ा है, नमिता के बेटे की उम्र आठ साल है। फिर बेटी की उम्र छः साल कैसे संभव है? चूंकि काफ़ी बदनामी फैल गई थी, इसलिए तो सुजन के ब्याह की इतनी अफ़रा तफरी मच गई थी।'

'श्यामली को एक बेटा है या बेटी?'

'बेटी–'

'यह सब बेकार की अफ़वाहें हैं।'

'नहीं, नहीं, अब श्यामली को उसके मायके तक नहीं जाने दिया जाता। उसे घर पर छोड़कर, ननद-भौजाई नैनीताल चली जाती हैं। उस पर से रुपयों के लिए दबाव....'

'इतनी सारी बातें, तुम्हें कहां से पता चलीं?'

'हासी'दी, हमारी भूगोल टीचर, सुजन की सगी मौसेरी बहन है। वह सब किस्से सुनाया करती है।'

'तो श्यामली को उसका बाप ले क्यों नहीं जाता?'

'एक बार गई थी। उसकी बेटी को इन लोगों ने रोक लिया था। नन्हीं दूध पीती बच्ची को छोड़कर, भला वह कितने दिन रह पाती? हासी'दी जब इस बात को लेकर मौसी से कुछ कहने गई, तो....मज़ेदार बात क्या है, पता है? श्यामली की सास उसके पक्ष में है, ससुर, पति और जिठानी विपक्ष में।'

'और जेठ?'

'उसकी बात भला कौन सुनेगा?'

'पूजन के बच्चे भी तो हैं–'

'बेटे को उसने कलकत्ते में छोड़ रखा है, बेटी दादी के पास रहती है।'

'सच्ची, यह सब सुनकर बुरा लग रहा है।'

'पूरे पचास हज़ार के गहने देने के बाद भी....हासी'दी यही सब कहने गई, तो नमिता ने उसे खूब-खूब सुनाया। तभी से हासी'दी उनके घर में पांव भी नहीं रखती। लेकिन, हां, बिलवेड़े जाती-आती रहती है, अपनी बहन के यहां! अब तो श्यामली के मां-बाप-भाई को भी सारे किस्से की ख़बर हो चुकी है। मां बिचारी बेतरह रोती रहती है। सच्ची, मज़े से गा रही थी, पढ़-लिख रही थी, सूरत-शक्ल से भी बुरी नहीं थी।

बिचारी लड़की का ब्याह करके....'

'दरअसल बात क्या है, पता है? लड़कियों के मामले में उसके घर-वालों की सोच यही होती है....। वे लोग भी लड़कियों की क़द्र नहीं समझते और सोचते ही विवाह ही परम गति है। अरे, भई, पढ़ा-लिखाकर उसे अपने पैरों पर खड़ा कर दो। उसे आत्मनिर्भर बना दो। ब्याहते वक़्त लड़के के बाप या अपने रुपयों का विचार न करो। यह देखो कि लड़का सचमुच इन्सान है या नहीं! श्यामली के बाप ने यह सब नहीं देखा। सुजन तो माध्यमिक भी पास नहीं है। मैं तो यह कहूंगा कि मीता के पहले विवाह के वक़्त, मधु बाबू ने ज़रूर लड़के की शिक्षा-दीक्षा, कल्चर देखा, उसके बाद ब्याह कर दिया।'

'श्यामली का ख़्याल आता है, तो बहुत बुरा लगता है। अब तो हासी'दी भी वहां नहीं जाती, अब वहां की खोज-ख़बर भी नहीं मिलती।'

'बिली बेड़े तो घंटे भर का रास्ता है। उन्हें ही ख़बर दे दी जाए कि अपनी बेटी को ले जाएं।'

'ऐसा भला कहा जा सकता है? हासी'दी बता रही थी कि उसके भइया बार-बार उसे लेने आए, इन लोगों ने भेजने से मना कर दिया। वैसे तुम इनके बीच, कुछ कहने वाले कौन होते हो? काश, श्यामली को मालूम होता....इन तमाम सवालों का फ़ैसला तो ग्यारह दिन पहले ही हो चुका था। कमल की बुआ कैंसर में भुगत रही थीं। चूंकि उन्होंने ही इच्छा जाहिर की थी कि वह आख़िरी सांस, अपने घर में ही लेना चाहती हैं, इसलिए उन्हें घर ले आया गया। काफ़ी छोटी उम्र में ही वे विधवा हो गई थीं, ज़िन्दगी भर सैंकड़ो दुःख-तकलीफ़ झेलती रहीं। अब पति नहीं रहा, बेटी-दामाद भी बारी-बारी से भगवान को प्यारे हो गए। बड़े भाई का घर ही उनका आश्रय था। कमल परिवार ने भी उन्हें ठाकुरपुकुर में रखा था। उनके इलाज में भी कोई भी कमी नहीं रखी गई।

अस्तु, कमल की बुआ की अर्थी को कंधा देने वालों में शहर के चुने हुए नौजवान शामिल थे। विज्ञान चेतना के लड़के, नाटक के लड़के, अमिय, कुणाल, प्रसून, बड़े-बुजुर्गों का दल, सभी लोग मौजूद थे। वे लोग रात के क़रीब नौ बजे, श्मशान पहुंचे थे। बुआ की इच्छा मुताबिक, कमल को ही मुखाग्नि करना था। हरीश डोम अनुभवी व्यक्ति था।

उसने कहा, 'बस, झप् से हुआ जाता है। इनकी देही में कुछ नाहीं है।'

ठीक उसी वक़्त, बिना 'राम नाम सत्य' की आवाज़ लगाए, एक वैन-रिक्शा और गाड़ी में सवार कुछेक लोग, एक अदद अर्थी समेत, मरघट के अहाते में दाख़िल हुए। शव के साथ सुजन को देखकर, सबके सब चकरा गए। सुजन भी उन लोगों को देखकर हड़बड़ा गया। चटाई में लिपटी, रस्सियों में बंधी लाश को, उन लोगों ने फर्श पर रख दिया और उसे घेरकर खड़े हो गए।

श्मशान में बड़ी-बड़ी रोशनी का उजाला। किसी ज़माने में यह श्मशान चुल्लू-सट्टे का अखाड़ा बन गया था। जो काम, नागरिक समिति का आन्दोलन नहीं कर पाया, पटा ने पलक झपकते ही कर डाला। पटा, किसी ज़माने का हिंस्र-निर्मम डाकू! ज़िन्दगी भर

डकैती करने के बाद, अब वह विक्षिप्त कापालिक वन गया था।

उसने वहां काली मंदिर बनवाया; कुछेक ऐसे लोग पकड़ लाया, जो इस पूर्व-डकैत के, अब शिष्य बन गए। हाथ में त्रिशूल लिए, उसने चुल्लूबाज़-सट्टेबाजों की जमात को दौड़ा दिया और उन लोगों को पीट-पीटकर, पूरा मैदान साफ़ कर दिया। उन दिनों 'पटा' के नाम की काफ़ी दहशत थी। उस दहशत का उसने फ़िलहाल फ़ायदा उठाया। उसके बाद, कार्पोरेशन ने भी श्मशान को आलोकित रखने की ज़रूरत महसूस की।

उस रोशनी के उजाले में, चटाई के एक सिरे पर लम्बे-लम्बे बाल नज़र आए।

उस अर्थी को कन्धा देने वाले अतिशय चुप।

अमिय दो-चार क़दम आगे बढ़ आया।

'किसका निधन हुआ है, सुजन?'

'श्यामली!'

'अरे....?'

'उसने खुदकुशी कर ली।'

'अचानक कुणाल चीख उठा, 'अरे, इतना खून क्यों बह रहा है?''

'म...म....मतलब....जी....मेरा मतलब.....'

लोगों की भीड़ लग गई।

'मामला क्या है, सुजन पाल?'

सुजन दबी आवाज़ में फूंकार उठा, 'कहा न, आत्महत्या....थानेवाले को ख़बर है! आप झमेला न खड़ा करें।'

'आप चटाई खोलें–' कुणाल ने ज़ोर देकर कहा।

'क्यों?'

'चटाई में बांधे-बांधे ही जलाओगे?'

'देखिए, यह ठीक नहीं है, कहे देता हूं....'

'अच्छा?'

'सिंहवागान तो मैं भी गया था। शाम को छः बजे तो वह बगान में घूम रही थी। मीता से उसने बात भी की और अब बजे हैं साढ़े नौ। उसने आत्महत्या कब की?'

सुजन ने अपने साथियों की तरफ़ देखा। वे लोग शायद अपने दफ़्तर के लोग थे। वे लोग छिटककर पीछे हट गए। सुजन का चेहरा फक्क!

'क़रीब-साढ़े सात बजे....'

'अस्पताल ले गए थे?'

'न....न....नहीं!'

'समझ गया! चलो, चटाई खोलो। तुम्हारी बीवी, इस वैन रिक्शे में मरी है। देख तो, सबू, किसका रिक्शा है?'

कुणाल ने अब उसे वक़्त नहीं दिया, खुद ही चटाई पर बंधी रस्सियां खोलने

लगा। सुजन उनके बीच घिर गया। हां, वह श्यामली ही थी। सिर के बीचोंबीच गड्ढा बन गया था! सिर फटकर, अन्दर बैठ गया था। बाल खून में लथपथ।

'वाकई, यह आत्महत्या ही है।''

लोग दौड़कर क़रीब आ पहुंचे—काजल, अमिय और बाकी लड़के!

'कमल! तेरे साथ सुबू और बाकी तीन लड़के रह जाएं। हम चले—' कुणाल ने कहा।

सुजन के साथ आए हुए लोग रो पड़े।

'हम कुछ नहीं जानते, सर!'

प्रसून ने गुस्से से उबलते हुए कहा, 'भाग क्यों रहे थे, चन्दा! एक ही सफ़र का अलग-अलग नतीजा? यह नहीं होने का! श्यामली के संग, तुम लोगों को भी रहना पड़ेगा।'

उनके शोरगुल और वैन-रिक्शा-चालक की रोवागाही से, लोगों की भीड़ लग गई। अब तो श्मशान के आस-पास ही घनी आबाद थी।

सुजन गुमसुम बना रहा।

उसके लोगों में से ही किसी ने कहा, 'डॉक्टर का सर्टिफिकेट मिलते ही, सीधे थाने दौड़ गए। कितना समझाया कि कच्चा मुर्दा मत ले जाएं—'

अब सुजन धम्म् से बैठ गया।

धनी-मानी ठेकेदार, भजन पाल की पुत्रवधू की खून से लथपथ लाश श्मशान में लाया गया था, क़रीब ही उसका पति बैठा हुआ! अमीर घर का मामला! जनता एकदम से उत्तेजित हो आई।

'इसका भी सिर फोड़ दे, दोनों एक साथ ही चिता में जलें—'

'देख न, गहना-गुरिया तक नोंच लिया है।'

'अरे, भइये, उसकी भाभी ही तो उसकी असली बीवी है।'

'यह तो वधू-हत्या का केस बन गया।'

सरसी बाबू, रिटायरड् लाइब्रेरियन, जिन्होंने सम्पादक के नाम चिट्ठी लिख-लिखकर ढ़ेर लगा दिया था कि इस राज्य का नाम बदलकर, 'गंगाहृद' कर दिया जाए, अपने चश्मे का कांच पोंछते-पोंछते उन्होंने प्रायः झुककर कहा, 'इसे मर्डर कहें, तो ग़लत नहीं होगा—'

अब विपुल बाबू ने नेतृत्व संभाला।

'कोई जाकर थाने में ख़बर करे—'

'बॉडी अस्पताल ले जानी होगी! यहां मुर्दाघर कहां है? लेकिन पहले थाना!'

अमिय के दिमाग में अजीब-सी अहसास! जैसे कोई महीन-सा तार, दिमाग के अन्दर घुमा-फिरा रहा हो! अद्‌भुत-सा बोध!

'कुणाल, तूने उसे शाम को देखा था?'

'हां, आज ही, शाम को!'

'किसी को बिलीबेड़े जाने को कहो—'

'हां, हां, ज़रूर! भेजता हूं, किसी को।'

'उसके घर में कौन-कौन है?'

'बाप हैं। दो-दो बड़े भाई हैं! दूर्वा जानती है।' विपुल बाबू ने कहा, 'अच्छा, अब हटिये....सब लोग हट जाएं—'

वैन-चालक और सुजन के साथियों को खींच लाया गया। वैन-चालक, मथुरा का घर उधर ही कहीं था।

वह लगातार प्रलाप करता रहा, 'हमका एक सौ रुपइय्या दिहिन....'

'इसीलिए, तू ऐसी करतूत करेगा?'

मथुरा ने सूखी आवाज़ में जवाब दिया, 'उन लोगन की बात, कइसे ना सुनता, बाबू? उधर ही हम रहत हैं। उन लोगन की ही ज़मीन पर हमार घर है.....'

'तुम लोग तो वहां बहुत पहले से बसे हो, वह ज़मीन, उनकी कैसे हो गई? यह क्यों नहीं कहते कि रुपइयों का लोभ जाग उठा?' विपुल बाबू ने उसे डपटते हुए कहा।

'हां, बाबू, हमका कहे कि अउर रुपइय्ये देंगे, लेकिन हम सच कहत हैं, हमका बताए कि कउनो नउकरानी मरी है—'

'चुप करो! यह सब थाने में कहना।'

'लाश थाने में ले गए थे?' कुणाल ने पूछा।

'नाहीं, बाबू, खिड़की के रस्ते....'

सुजन के चेहरे और गर्दन पर खरोंच के निशान! उस जगह खून झलक आया था।

विश्वास बाबू और दो हवलदार, जीप समेत आ पहुंचे। हम वक़्त विश्वास बाबू अपने कर्त्तव्य में कड़क पुलिस थे, क्योंकि इन दिनों वधू-हत्या, वधू की आत्महत्या के बारे में पुलिस काफ़ी चौकन्नी हो गई थी।

सुजन की आंखें विश्वास बाबू पर टिक गईं।

लेकिन विश्वास बाबू ने उसकी तरफ़ नहीं देखा। उनकी टॉर्च की रोशनी श्यामली के चेहरे पर चमक उठी। उन्होंने उसकी एक बांह ऊपर उठाई, फिर छोड़ दी। हाथ धप्प से गिर पड़ा।

'लाश को किसने खोला?'

'मैंने—' कुणाल ने कहा।

'आप लोगों को थाने चलना होगा।'

'चलिए, चलूंगा।'

'लाश अस्पताल जाएगी।'

'रुकिए! एइ प्रतिम, साहा को ख़बर दे।'

'क्यों?'

साहा का स्टूडियो क़रीब ही था। चाहे मरघट में हो या घर हो, मृतक की तस्वीर उतरवाना, इन्सान को अभी भी बेहद प्रिय है। साहा के हाथ में हुनर है। वह मृतक का चेहरा भी खूबसूरत बना देता है।

'तस्वीर खींचना ज़रूरी है।'

अमिय के दिमाग से अब तारों की ख़रोच का ख़्याल हट गया। अब कोई नया अहसास जाग उठा।

'तस्वीर मुझे चाहिए–'

'ख़ैर, अगर आप ज़िद करते हैं, तो....'

अमिय ने महसूस किया, वह मन ही मन अतीत की ओर लौट रहा है। पुलिस फांड़ी, मोहनपुर, यशि दास बसाक की लाश....'पहचान सकते हैं? आप लोगों का आश्रयदाता!' यशि दास की बीवी, मुंह में आंचल ठूंसे, थिर निगाहों से निहारती हुई। वह दारोगा अमिय की छाया बनकर, उसका पीछा किया करता था। 'पहचानते हैं?'–यह पूछते हुए, उसने ज़मीन पर पच्च् से थूक दिया थ। 'हुंहः स्टैमिना तो है नहीं! दो-चार रद्दा जमाते ही....' यशि दास के सिर पर भी ऐसा ही....घाव का निशान था....बिल्कुल ऐसा ही.....

अमिय ने खखारकर गला साफ़ किया।

'हम इकत्तीस लोग यहां मौजूद थे।'

'क्यों?'

कमल भड़क गया, 'अपनी बुआ को फूकने! कैंसर था...मर गई।'

'इतने लोग फूंकने आए थे? अरे, हां, हां, आप लोगों में तो....'

'हम सभी ने देखा....चटाई खोलकर देखा....। सुजन ने सफाई दी कि यह आत्महत्या है और वह थाने से होकर आ रहा है।' अमिय ने कहा।

पब्लिक की तरफ़ से फिकरे कसे जाने लगे।

विश्वास का चेहरा भावलेशहीन!

'अच्छा, यह कहा?'

काफ़ी देर बाद, अब अमिय एकदम से चींख उठा, 'हां, यही कहा। हम सबमें, हर किसी ने, अपने कानों से सुना! उसने साफ़-साफ़ कहा, आप भी सुन लीजिए। सुजन पाल ने कहा कि यह आत्महत्या है और थाना यह बात जानता है। यह बात उसने क्यों कही, यह हम नहीं जानते। लेकिन मैं अख़बार चलाता हूं। यह एक ख़बर है। मेरा ख़्याल है, तस्वीर लेकर रखना ज़रूरी है। बेहद ज़रूरी है, क्योंकि उसने आत्महत्या की है, यह बयान उसके पति ने दिया है। सुनिए विश्वास बाबू, आज शाम को कुणाल और उसकी बीवी ने अपनी आंखों से देखा, वह अपनी बेटी के साथ, घर की बगिया में टहल रही थी।'

विश्वास बाबू अविचलित!

'हां, हां, खींचिए.....खींचिए तस्वीर! लेकिन, झटपट! सुजन बाबू, चलिए थाने। थाना ही, लाश को अस्पताल ले जाएगा।'

कुणाल ईषत् हंस पड़ा।

'हां, हां, थाने तो हम ही जाएंगे, अस्पताल भी जाएंगे। हमें तो जाना ही पड़ेगा।'

विश्वास बाबू ने अब बात आगे नहीं बढ़ायी।

अनिल साहा आ पहुंचा! उसने लाश की तस्वीरें लीं।

'तस्वीर उतारने को मैं कह रहा हूं, अनिल! इसकी कई तस्वीरें ले लो।

तस्वीर-पर्व समाप्त हुआ! सुजन और उसके साथी जीप में सवार हो गए। श्यामली को बांध-बांधकर, फिर वैन में रखा गया। लोगों की भीड़ साथ-साथ चल पड़ी।

कुणाल भी उसी जीप में सवार हो गया।

'आप लोग भी साथ-साथ आइए–' उसने हिदायत दी।

'हां, तुम चलो, मैं आता हूं।'

अमिय भी अनिल के संग-संग आगे बढ़ता रहा।

'तस्वीरों के बारे में होशियार रहना, अनिल, यही प्रमाण है।'

'हां-सर!'

'चलो, अनिल, मैं पूरी रोल ले लूंगा। फिल्म का दाम और ख़र्च भी दे दूंगा।' प्रसून ने कहा।

'बाकी सब नेगेटिव मुझे वापस कर दीजिएगा।'

अनिल ने जवाब दिया।

'यही बेहतर होगा, सर! मैं थाने-पुलिस के हंगामे में नहीं पड़ना चाहता।' थोड़ा ठहरकर, उसने दुबारा कहा, 'आप लोग तकदीर वाले हैं, सर! फिल्म की रोल क़रीब-क़रीब ख़त्म हो गई है। आप इसे धुलाएंगे कहां?'

'यह जानने की तुम्हें क्या ज़रूरत? अमिय, मैं अनिल के साथ जा रहा हूं–'

'हां, जाओ! अस्पताल में भी किसी अपने आदमी का रहना ज़रूरी है। किसी का भरोसा नहीं।' प्रसून ने चलते-चलते ही कहा, 'सुजन ने कल्पना में भी नहीं सोचा होगा कि वहां हम सब मौजूद होंगे! उफ! कैसा भयंकर कांड है!'

'यह बात मैं ज़रूर छापूंगा कि 'थाने को जानकारी' थी।'

'इसका मतलब तो बिल्कुल साफ़ है। रुपए खिला दिए, मुंह-जबानी ओ के वसूल लिया। झप् से हम आ धमके, सो सुजन फंस गया।'

'शायद नर्वस हो गया था–' अनिल ने कहा, 'वैसे परेशान न हों। वधू-हत्या के और भी ढ़ेरों केस हैं, पकड़े भी गए, केस भी चला....'

नाटकीय अन्दाज़ में प्रसून ने उसका जुमला पूरा किया, 'तीन-तीन थानों के मातहत, साल भर में, एकत्रित वधू-हत्याएं हुईं, नसीरगंज में ग्यारह, केस हुआ कुल तीन....सज़ा तो खैर नहीं ही मिलेगी।'

'सबकी सब आत्महत्याएं थीं–'

'हां, एक आत्महत्या, अभी-अभी देखा न!'

अनिल ने अफ़सोस के लहजे में कहा, 'वेरी सैड! अरे, पसंद नहीं है, पटरी नहीं बैठ रही है, तो वापस भेज दो, विवाह ख़ारिज कर दो। हद तो यह है, प्रसून'दा, इसके खिलाफ़ लड़कीवाले भी केस नहीं करते।'

सब ख़ामोश!

'अमिय'दा ने ख़बर छापी....ओ, वही पापियर नन्दी की ख़बर....केस स्ट्रॉन्ग था। लड़की के बाप ने कहा, केस करने पर भी, बेटी तो वापस नहीं मिलेगी। बेरी सैड!'

'शुक्र है, यह माना तो सही।'

'लेकिन थाने के साथ तकरार करने के बाद....लेकिन, नन्दी पाल, श्यामली के भाई, मेरे दोस्त हैं। ब्याह से पहले, इस बच्ची को बहुत बार देखा है....'

इस वारदात ने नसीरगंज शहर में तहलका मचा दिया रात करीब डेढ़ बजे, श्यामली के दोनों भाई, उनके पंचायत प्रधान, गोरा नन्दी, श्यामली एक चचेरा भाई, आ पहुंचे। उन लोगों ने पंचमुकुर तक आकर, महीन बाबू का मेटाडोर किराए पर लेकर, यहां तक पहुंचे थे।

अस्पताल के अहाते में नौजवानों की भीड़। जो लोग इस शहर में उद्योग-साहित्य-विज्ञान से जुड़े आन्दोलनों में, लोक-संस्कृति वगैरह में अगुआ थे, जो लोग मूल्यबोध को बचाये रखने की कोशिश कर रहे थे, ऐसी चंद सर्वमान्य हस्तियां, आज की वारदात की साक्षी थीं।

विश्वास बाबू, सुजन उसके साथियों को गिरफ़्तार करने को लाचार हो गए।

कुणाल ने चेतावनी दी, 'देखिए, जनाब, ऐसा न हो कि थाने के हवालात से क़ैदी हवा हो गए! आपके ज़माने में न सही, पहली ऐसी कई घटनाएं हुई हैं।'

'साहब, ये लोग शहर के पब्लिक-चेतना हैं, जनगण के विवेक!' विश्वास बाबू ने कहा, 'ज़रूर! जरूर! हम कड़ा पहरा देंगे।'

इस बार अस्पताल भी 'दुर्घटनाजनित मृत्यु' कहकर, छुटकारा नहीं पा सका। आत्महत्या का तो जिक्र ही नहीं उठा। पानी और उसके चचेरे भाई, कुमार ने तो श्यामली की लाश देखकर मुंह फेर लिया। वे रो पड़े। फनी तो बाक़ायदा उद्भ्रान्त हो उठा।

उसने रोते-रोते ही कहा, 'बेवी! बेबी! पता है, कुणाल बाबू, ज़िन्दगी में कभी उसने किसी के हाथों मार नहीं खाया। किसी ने उस पर हाथ नहीं उठाया। इसकी कभी ज़रूरत ही नहीं पड़ी। सिर्फ़ एक ही भइयादूज पर वह आई थी। वहां भी जिठानी की ऐसा कड़ा पहरा था कि अपनी मां से भी दो-चार बातें नहीं कर पाई। अब मां-बाबू जी को कौन-सी तसल्ली....मां तो बचेगी ही नहीं!'

ननी का चेहरा और सख़्त नज़र आया। उसके माथे की नसें फूल उठीं, हाथ की मुट्ठियां कस गईं। वह सिर्फ़ खाली-खाली निगाहों से देखता रहा।

गोरा नन्दी ने कहा, 'सीधे-सीधे क़त्ल का मामला है। इसमें सोचना क्या है? ढ़ील बिल्कुल मत देना, लड़ जाओ–'

'किस चीज़ से मारा है?'

'कोई भारी चीज़ होगी–'

'बेबी की चिट्ठियां....' ननी ने ईषत् खोई-खोई मुद्रा में कहा, 'बाबू जी की

हिम्मत नहीं पड़ती थी। उसकी चिट्ठी पाकर, अभी दो महीने पहले ही मैं आया था। सुजन उसकी जिठानी को लेकर पुरी गया हुआ था। मैंने उससे कहा—जो पहना है, उन्हीं कपड़ों में निकल चल। लेकिन उसने कहा—वे लोग छोड़ेंगे नहीं—'

ननी की निगाहें अमिय पर टिक गईं।

'उसने कहा, वे लोग बेटी को नहीं देंगे। मैं पूछता रहा—कौन नहीं देगा? वह रोती ही रही! उसके ससुर ने मेरा हाथ थामकर कहा—मैं वचन देता हूं, अब बहूरानी को कोई तकलीफ़ नहीं होगी। इतना-सा दिलासा पाकर ही बेबी विभोर हो गई या फिर उसकी हिम्मत ही जवाब दे गई थी, पता है? ससुर ने कहा था—सुजन बेबी को लेकर, सदर में अकेला रहेगा। काश, वह उसी दिन मेरे साथ चल देती। मैंने कितना कहा कि, एक ही साड़ी में, निकल चल....'

गोरा नन्दी बोल पड़ा, 'असल में वह बहुत कोमल थी....उसकी हिम्मत नहीं पड़ी। उस दिन अगर तुम ज़ोर-ज़बर्दस्ती करते, तो....'

'उसे डर था कि उसकी बेटी नहीं मिलेगी।'

'कैसे न मिलती? कुलतली में मृगेन की बेटी ने केस ठोककर, अपने बेटे-बेटी को वापस नहीं ले लिया? केस करती, तो बेटी भी मिल जाती।'

'जानते हैं, उसकी एक चिट्ठी कल ही मिली। उसने लिखा था—तुम्हारे साथ चली जाती, तो अच्छा होता। गोरा बाबू गवाह हैं, मैंने कल रात ही घर में हल्ला मचा दिया। बाबू जी से मैंने साफ़ कहा—मैं लोगों को लेकर सुबह ही जाऊंगा, उसे ले आऊंगा।' ननी ने बताया।

अमिय ने दरयाफ़्त किया, 'वह चिट्ठी-पत्री लिखती थी?'

'छिप-छिपाकर! नौकरानी को अपने कान की इयरिंग दे डाली। वही चिट्ठी डाक में डाल आती थी। उस घर में वह नौकरानी ही बेबी को थोड़ा-बहुत.....' ननी की निगाहें श्यामली पर दुबारा टिक गईं।

'मैं मुकदमा करूंगा! पूरे ख़ानदान को जेल की हवा खिलाऊंगा, वर्ना खुद ही नद्दी में छलांग दूंगा।'

अमिय ने उसे दिलासा दिया, 'शांत हो जाइए! उसके ख़त हिफ़ाज़त से रखिएगा। उनके जेरॉक्स करा लीजिएगा। वे सब प्रमाण हैं।'

'हां, हिफ़ाज़त से रखूंगा।'

'एकाध मुझे भी दे जाइएगा। 'वार्तावह' में छापेंगे।'

'मैं सारी चिट्ठियां दे दूंगा! आप छाप दीजिए।'

'क्या देखकर, सुजन से ब्याह....'

'यह सब बाबू जी ही जानें। मेरी बीवी ग्रेजुएट है! फनी की बीवी भी ग्रेजुएट है, स्कूल में नौकरी करती है। बेबी का ब्याह करने की कोई जल्दी नहीं थी। लेकिन यह कमबख़्त भजन पाल, एकदम से बाबूजी के पीछे ही पड़ गया—'

थोड़ा ठहरकर उसने दुबारा कहा, 'जब-तब जा धमकता था। कहता था, आपकी बेटी को शहर में देखा। वह अगर मेरे घर में आ जाए, तो समझूंगा, लक्ष्मी मइया खुद चलकर मेरे घर आई हैं। एक दिन कहने लगा—आज मैंने सपने में देखा—रानी बेटी मुझे पानी पिला रही है। मैं बेहद प्यासा हूं। इसके अलावा, कैसा तो जादू हुआ है, पता है? जिस दिन मैंने उसे अपनी बहू बनाने का फ़ैसला किया, मेरा कारोबार तेज़ी से फलने-फूलने लगा है।'

विपुल बाबू ने दुबारा पूछा, 'उन दिनों आप लोगों ने खोज-ख़बर नहीं ली?'

'उन दिनों वे लोग यहां नहीं रहते थे! ब्याह के समय वे लोग सदर से आए थे! उनका घर नहीं था। उसके बाप ने जितना दबाव डाला....तरह-तरह से ज़ोर दिया....'

विपुल ने कहा, 'हां, भजन पाल तो चक्कर लगाता ही।'

सुबह क़रीब दस बजे, नमिता, भजन पाल और सुजन की मां को थाने लाया गया। चीर-फाड़ के बाद, श्यामली का दाह-संस्कार किया गया। शहर में इस हादसे की ख़बर हवा की तरह फैल गई। श्यामली के मां-बाप बार-बार बेहोश होते रहे। गोरा नन्दी, ननी के सामने एक ही जुमला रटता रहा—केस करना होगा! मुकदमा चलाते रहना होगा।

प्रसून ने कहा, 'थाना केस करेगा—'

सुजन ने कहा, 'विश्वास बाबू और केस करेगा? मैं तुम्हें लिखकर....'

अमिय इन सब बातों में नहीं पड़ा। कल सुबह ही 'वार्तावह' का विशेष अंक बाज़ार में पहुंचाना होगा।

पहले दिन, दो पन्नों में श्मशान में क्या हुआ, उसके बाद क्या-क्या हुआ, यही सब प्रकाशित हुआ। उस दिन, उस ख़बर की सुर्ख़ी थी—'आत्महत्या नहीं, हत्या'।

उसके बाद, पिछले दस सालों में नसीरगंज थाने की तहत वधू-हत्या, वधू द्वारा आत्महत्या, वधू की रहस्यमय मौत—इनके बारे में दायर किए गए केस, उन केसों का विफल परिणामों के हवाले दिए गए थे। 'वार्तावह' की पुरानी फाइलों से ही ये ख़बरें निकाली गई थीं। हर हफ़्ते 'वार्तावह' में प्रकाशित, श्यामली पाल की हत्या ही सबसे गर्मागर्म ख़बर बनी रही।

भजन पाल ने बयान दिया—श्यामली और सुजन में किसी क़िस्म की कलह-अशांति थी। इस बात की उन्हें ख़बर ही नहीं थी। सुजन की मां शुरू से अंत तक मुंह पर ताला जड़े रही। यह भी सच है कि श्यामली की जिस बेटी को, उसके जीते-जी रोके रखा गया था, इस बार, ननी उसे अपने साथ ले आने में कामयाब हो गया। श्यामली का पहला ख़त, 'वार्तावह' में प्रकाशित होते ही समूचा शहर एकदम से विक्षिप्त हो उठा। ब्याह के चंद दिनों बाद ही श्यामली ने अपनी भाभी को लिखा था—'सुहागरात को ही मुझे पता चला, मेरे पति का मेरी जिठानी से सम्बन्ध है। यह भी सुना कि इस बात को लेकर काफ़ी बदनामी फैल गई थी। इसीलिए उन्होंने अपने बेटे का ब्याह कर दिया।'

नमिता भी गिरफ़्तार कर ली गई। जब उसका चालान किया जा रहा था,

पब्लिक ने उस पर फ़ब्तियों की झड़ी लगा दी; तीखे शब्दों में उसके नाम धिक्कार भेजा।

'वार्तावह' के माध्यम से ही उसके विवाह और हत्या का हवाला, क्रमवार प्रकाशित होता रहा। इसके अलावा ब्लॉक चाहे जितना भी खराब हो, अमिय, श्यामली का मृत चेहरा हर अंक में प्रकाशित करता रहा। कुणाल, अमिय, कमल, प्रसून-सभी लोग इस बारे में नियमित रूप से लिखते रहे। 'वार्तावह' का दफ़्तर सरगर्म हो उठा।

भजन पाल के दो बेटे-पूजन और सुजन! पिछले सोलह वर्षों से ठेकेदारी का धंधा करते हुए, वह काफ़ी अमीर बन चुका था। वह सिलीगुड़ी से फरक्का, फरक्का से बहरामपुर आ बसे। बिल्डिंग कॉन्ट्रैक्टर की तौर पर भजन पाल ख़ासे प्रतिष्ठित व्यक्ति थे। पूजन और सुजन—दोनों बेटे पिता के कारोबार में शामिल थे। पूजन का विवाह हुआ। पता चला, पिता की मर्ज़ी के खिलाफ़ ही शादी की थी और कुछ दिनों अलग मकान लेकर रहता-सहता रहा। उसके बाद, सुजन ने किसी तरह अपने बाप को राजी कराया और भइया-भाभी को घर ले आया। विवाह के छः महीने बाद, भजन पाल ने प्रीति-भोज का आयोजन किया। पूजन अपनी पत्नी पर बेहद निर्भरशील था। विंवाह के डेढ़ वर्ष बाद, उनका पहला बेटा, आनन्द पैदा हुआ। बेटा जब साढ़े छः वर्ष का था, पूजन किसी असाध्य रोग का शिकार हो गया और पक्षाघात या वेनल थ्रम्बसिस के हमले से अपाहिज होकर, उसने बिस्तर पकड़ ली।

सुजन की मौसी, घर के पुराने नौकर और भजन पाल की बहन की बेटी के बयान और श्यामली पाल के पत्र नं. 1 से ज्ञात हुआ कि पूजन के विस्तर पकड़ते ही, सुजन और नमिता के बीच अवैध सम्बन्ध पनप उठा। उन दिनों पूजन के हाथ-पैर अवश! वाक्-शक्ति भी प्रायः लुप्त! सुजन और नमिता के रिश्ते को लेकर घर में काफ़ी कलह मची। इस वीच, पूजन की बीमारी के साल भर बाद, बेटी, पियाली पैदा हुई। पियाली की जन्म-तारीख़ दृष्टव्य है। सुजन और नमिता, नमिता के बच्चों समेत कभी नैनीताल, कभी पुरी या दीघा या कहीं और, सैर-तफ़रीह को भी निकल जाते थे। वहां वे लोग पति-पत्नी की तरह ही रहते थे, कम से कम पुरी और दीघा के होटल-रजिस्टर से पुलिस ने यही प्रमाण बरामद किया। ये दोनों जब कलकत्ता जाते थे, बच्चों को नहीं ले जाते थे। उनके रिश्ते को लेकर घर में काफ़ी अशांति होती रही। इसी दौरान भजन पाल ने नसीरगंज में लैंड डेवलपमेंट ऐंड बिल्डिंग कन्स्ट्रक्शन का कारोबार शुरु किया और प्रस्तावितनए शहर, अरुणोदय के प्रवेश-द्वार पर अपना मकान बनवाया। सुजन को बहरामपुर में छोड़कर, वे सपरिवार यहीं आ बसे। कुछ दिनों बाद, सुजन भी यहीं चला आया।

सुजन की मां बार-वार कहती रही कि लोगों को अगर सुजन-नमिता के संबंध का पता चल गया, तो यहा भी रहना नामुमकिन हो जाएगा। यहां भी उन दोनों का अवैध रिश्ता ज्यों का त्यों बना रहा।

सुजन कई-कई बार, अपने बाप के मुंह पर ही सुना दिया कि यह उसका और नमिता का व्यक्तिगत मामला है।

भजन पाल की बहन की बेटी जब इस बारे में सुजन से बात करने गई, सुजन ने उसे भी खदेड़ दिया। बहन की उस बेटी ने 'वार्तावह' को बयान दिया है कि आजकल नमिता, पूजन के खर्चीले इलाज को लेकर ससुर के सामने बेतरह एतराज जाहिर करने लगी थी। भजन पाल की पत्नी के अलावा पूजन की देखभाल कोई नहीं करता था।

भजन पाल ने एक दिन कहा, 'मेरी मौत के बाद मेरी बीवी, आनन्द और पियाली को मेरी सम्पत्ति में बारह आना हिस्सा मिलेगा। सुजन को मिलेगा, चार आना। नमिता का कोई हक़ नहीं होगा।'

इस बात को लेकर बाप-बेटे में काफ़ी कहा-सुनी हुई। सुजन ने धमकी दी कि उसे पूरे बारह आने हिस्सा देना होगा या फिर उसे दस लाख रुपए दे दिए जाएं, तो वह जायदाद पर अपना दावा छोड़ देगा और नमिता, पियाली को लेकर चला जाएगा। यह वताना भी ज़रूरी है कि सन् 1988 से ही, आनन्द को, नमिता के मायके में रखकर, वहीं के किसी स्कूल में पढ़ाया जा रहा था।

उन्हीं दिनों एक दिन सुजन, अपने बाप को मारने तक पर आमादा हो गया था।

नमिता ने ही उसे रोक दिया और उसने अपने ससुर से कहा, 'मुझे आप इस मकान से नहीं निकाल सकते। मैं जहां भी जाऊंगी, आपके छोटे बेटे को भी ले जाऊंगी।'

उसी ने उन्हें सुझाया कि सुजन का अगर ब्याह कर दिया जाए, तो लोग बातें वनाना छोड़ देंगे।

भजन पाल ने अपनी बहन की बेटी से कहा, 'हां, शादी कर दें, तो सुजन की मति-गति लौट सकती है। मैंने भाभी से कहा था कि ऐसी हालत में अगर उसका विवाह कर देगा, तो बिचारी किसी लड़के की ज़िन्दगी नष्ट हो जाएगी। मामी ने भी हां में हां मिलाते हुए कहा! हां, सुजन की जन्मपत्री में भी यही लिखा है कि उसके नौ साल बहुत बुरे बीतेंगे। वह नौ साल तो अब ख़त्म होने को आए। कलकत्ते के एक ज्योतिष ने कहा है—कि विवाह कर दिया जाए यानी ज़िन्दगी में जिस दिन दूसरी औरत आएगी, पहली औरत का साया ख़त्म हो जाएगा। मैंने यह बात नहीं मानी। बुरा समय तो मामा-मामी और पूजन भइया का था। सुजन तो ख़ासा मज़े में ही था। सुजन और नमिता दिन के वक़्त ही अपने बेडरूम में जा घुसते थे। वे दोनों अपना रिश्ता छिपाने की भी कोशिश नहीं करते थे। मामा ने कहने पर, उन्होंने मामी की राय में ही सहमति दे डाली। यहां यह बताना भी ज़रूरी है कि नमिता ने तो ताल ठोकर एलान कर दिया था कि सुजन का एक नहीं, दस ब्याह कर दें, मगर वह मेरा ही रहेगा। इसके बाद ही नमिता सुजन को यह समझाने में कामयाब हो गई कि मैं ही उनके रस-रंग में रुकावट डाल रही हूं। सुजन ने मुझ पर रुपए-पैसों की चोरी का इल्ज़ाम लगाकर मुझे घर से निकाल बाहर किया। आजकल मैं जियागंज में स्टेशनरी की दुकान चलाती हूं। सुजन के विवाह में भी मैं नहीं गई। उन दिनों मेरी मां बीमारी थी, महीने भर बाद, उनका इन्तकाल भी हो गया। ब्याह में वे भी शामिल नहीं हुईं। सुजन और नमिता को लेकर सभी लोग नाराज़

थे। उनके यहां किसी का ख़ास आना-जाना भी नहीं था।

यहां, यह भी बता देना ज़रूरी है कि विवाह के समय भजन लाल ने कोई मांग नहीं की थी।

उन्होंने 'वार्तावह' को भी सफ़ाई दी, 'आजकल तो आप लोग हर रोज़ सरेआम हमारी हांड़ी फोड़ रहे हैं। लेकिन, आप खुद देखिए, मैं कितना दरियादिल हूं! मैंने एक पैसा नहीं मांगा था।'

लेकिन सुजन की मौसेरी वहन, शहर की प्रवीणा टीचर, हासी राय ने वयान दिया–'मौसी का तो नक़दी लेने का मन था। लेकिन मौसा ने कहा–सुजन की करतूत सब लोग जानते हैं। रुपए-पैसे मुझे नहीं चाहिए। बस किसी यह तरह यह ब्याह हो जाए–सुजन मेरे काबू में आ जाए, तो आयाससुर वो बाद में भी देता रहेगा। कोई नंगे-भिखारी घर की बेटी तो लाऊंगा नहीं।–उन लोगों ने तो मुझसे भी लड़की देखने को कहा था। मैंने मना कर दिया। लेकिन अगर मुझे पता होता कि यह ब्याह श्यामली से हो रहा है, तो मैं ज़रूर रोकने की कोशिश करती। मेरी बहन-जीजा जी, बिलीबेड़े में ही रहते थे। मेरे जीजा डॉक्टर थे। वे भी उन लोगों को रोक देते। गर्मी की छुट्टियों में, उन लोगों के साथ, हम पति-पत्नी केदार-बद्री-गंगोत्री-जमुनोत्री, तीरथ करने भी गए थे। लौटकर आई तो सुना, महीने भर के अन्दर-अन्दर बातचीत तय हो गई और विवाह भी हो गया। मैंने यह भी सुना कि श्यामली के वापू ने गहने भी दिए थे, घर-ख़र्च के लिए दस हज़ार रुपए भी! सभी की जुवान पर एक ही बात थी–इतना बड़ा आदमी! फिर भी कोई मांग नहीं, ऐसा कभी नहीं देखा। मेरा ख़्याल है कि सुजन के बारे में ये लोग ख़ास कुछ नहीं जानते थे, इसीलिए उन्होंने ब्याह के लिए हड़बड़ी मचाई। अगर हमें ख़बर लग जाती, तो हम यह विवाह कभी नहीं होने देते।

ब्याह हो जाने के बाद, मैं उनके घर गई थी। झूठ नहीं कहूंगी, मैंने सब देखा है! श्यामली एक मिनट भी, मुझसे अलग से बात नहीं कर पाई। लेकिन मौसा जी ने ही बताया, श्यामली, नमिता की बेटी को लेकर सोती है। उसकी आंखों के सामने ही नमिता उसके पति को साथ लेकर सोने चली जाती है। पता नहीं यह क्या हो रहा है। न्ना, उस घर में मौसी की कोई बात नहीं चलती थी, नमिता ही उस घर में सर्वेसर्वा थी नहीं। मौसा को अपनी बहू पर जुलम ढ़ाते हुए कभी नहीं देखा। लेकिन वे श्यामली को बाहर नहीं निकलने देते थे। वे कहते थे–ज्योतिष जी ने कहा था कि बहू आ जाएगी, तो बेटे का मन पलट जाएगा। इसीलिए तुमको लाया, वर्ना बिना दहेज के मैं बहू क्यों लाता? वैसे वीच-बीच में नमिता और सुजन में भी खटपट हो जाती थी! बीच-बीच में सुजन, नमिता एक हो जाते थे। लेकिन, बेटी होने के बाद, नमिता का दिमाग कुछ ज़्यादा ही गर्म रहने लगा था। जब मैंने यह बात उठाई, तो वुरी बन गई। नमिता मुझ पर आरोप लगाया कि बिलीबेडे मैंने ही उनकी बदनामी फैलाई है, वर्ना उसका भाई, उसे लेने क्यों आ धमकता? उसने तो मुझे यहां तक धमकी दे डाली कि अगर कभी मैंने उसके घर में

क़दम रखा, तो सुजन ही धक्का मारकर निकाल बाहर करेगा। यह सुनने के बाद, मैं दुबारा कभी उनके यहां नहीं गई। उसके बाद तो....'

घर की पुरानी महाराजिन ने हवाला दिया, 'उस हादसे से चंद दिनों पहले, श्यामली की बेटी को बुखार चढ़ गया था। श्यामली डॉक्टर बुलाने को उतावली हो उठी। नमिता ने उसे डपट दिया—फौरन अगर डॉक्टर न बुलाया जाए, तो तुम्हारी बेटी क्या मर जाएगी? मर भी गई, तो क्या फर्क़ पड़ता है? अच्छा है, हिस्सेदार कम होगा। आख़िरकार श्यामली ने महाराहिन से कहा, 'न्ना, अब यहां नहीं रहा जाता। मुझे बहुत डर लग रहा है। कहीं ऐसा न हो कि बेटी को सचमुच ही मार डाले। आजकल श्यामली, सुजन से अक्सर सवाल किया करती थी, 'मुझसे ब्याह क्यों किया था?' अपनी सास से भी पूछती रहती थी, 'आपके बेटे के सुदिन कब लौटेंगे, इस उम्मीद में, यहां चुपचाप बैठी नहीं रह सकती।'

सास रोती रहतीं।

एक दिन उन्होंने भी महाराजिन से कहा, 'मैंने बहोत पाप किया था—'

ससुर की जुबान पर एक जुमला था, 'जव ब्याह हो ही चुका है, तो अब इसे मान लेने के सिवा, और कोई उपाय नहीं है।'

उस वारदात के दिन, शाम सात बजे से पहले ही, श्यामली और नमिता में जमकर झगड़ा हुआ। सुजन उसे मारता-पीटता भी था। आजकल वह कुछ ज़्यादा ही पीटता था, बुरी तरह धक्का-वक्का भी देता रहता था। आजकल....

उस शाम श्यामली ने चीखकर कहा, 'अच्छा होगा, आज मैं ज़रूर चली जाऊंगी! तुम लोगों की लटपट, सब जानते हैं। अब जान लें, अच्छी तरह जान लें। जाने से पहले, उस राक्षसी और तुम्हारी इश्कबाज़ी...'

बस, महाराजिन इतना भर ही सुन पाई। सुजन ने चिल्लाकर क्या कहा, वह नहीं सुन पाई। लेकिन कुछेक पलों में ही श्यामली की चीख सुनाई दी—'बाप रे! मार डाला रे!' उसकी वह चीख सबने सुनी थी। उसके बाद, दरवाजा बंद करने की आवाज़ आई। वह सुनकर, बाबू, गिन्नी-मां, मैं, मोहन-सब भागकर ऊपर पहुंचे। लेकिन, उसके बाद, कोई आवाज़ सुनाई नहीं दी। हां, अन्दर से बड़ी बहू की आवाज़ ज़रूर सुनाई दी। वे चिल्ला उठीं—लो, यह तो गई!

बाबू जी दरवाजा धमाधम पीटने लगे। छोटे बाबू को आवाजों पर आवाजें देते रहे। छोटे बाबू ने दरवाजा खोला और हम सबको ज़ोर का धक्का देते-देते कहा—सब चले जाओ। जाओ यहां से। मैं और मोहन नीचे उतर आए। रसोईघर में आकर चुपचाप बैठे रहे। बड़ी बहू नीचे उतरीं, धड़ाम् से दरवाजा बंद करके, उन्होंने बाहर से ताला चढ़ा दिया। उसके बाद, हम कुछ नहीं जानते। सुबह, जब पुलिस आई, तब उसने ताला खोला, हम लोगों को थाने ले गई। उस वक़्त मां, बाबू जी, बड़ी भाभी कोई आस-पास दिखाई नहीं दिया। घर से निकलते वक़्त भी कुछ पता नहीं चला। थाना पहुंचकर सुना, छोटकी बहू मर गई। हां, घर में पीतल का भारी-सा दीपदान था तो सही! गिन्नी-मां के कमरे में। नहीं, थानेवालों

ने जब हमें छोड़ा, तो हम उस घर में लौटकर नहीं गए। तब से शहर में ही हैं। क्यों न रहें? मोहन कहां गया, मुझे नहीं मालूम! वैसे भी वह घर में नया-नया बहाल हुआ था। वह एक मंज़िलें में काम करता था। उसे दूसरी मंज़िले तक चढ़ने की मनाही थी।'

श्मशान में जब श्यामली की लाश जब रोक ली गई, उस वक़्त सुजन के साथ उसकी कम्पनी के सहकर्मी सुधीर दास, बोनू, बादल मंडल और ताजू उर्फ़ तेजेन कराती भी मौजूद थे। इन लोगों को जमानत मिल गई और उसने हमारे निजी रिपोर्टर को बयान भी दिया। बाद में ताजू सरकारी गवाही बन गया और उसने जेल-कस्टडी में रहने का आवेदन दाख़िल किया। बोनू और बादल सगे भाई थे। ये सभी लोग सिंहबागान के पिछवाड़े, कॉलोनी में रहते थे। वारदात के दिन सुधीर और ताजू, पाल के घर पर ही थे, क्योंकि उन लोगों के कुछ रुपए बाकी थे। वे लोग बाहर, बरामदे से लगे कमरे में बैठे-बैठे, ताश खेल रहे थे।

सुधीर ने अपनी तरफ़ से हवाला दिया—छोटे बाबू के साथ उनकी घरनी का सम्बन्ध कैसा था, यह मुझे नहीं मालूम। उनके साथ जब ब्याह हुआ, तो मैंने सोचा छोटे बाबू ने डबल विवाह किया है। हम लोग आनन्द की मां को ही उनकी घरनी समझते थे। वैसे तब तक हम नौकरी में नहीं आए थे। बाद में सुना कि वे उनकी बड़की बहू हैं। ना, छोटे बाबू की बहुरिया को कुल्लमकुल दो-एक बार ही देखा था। यह बात मुंहजबानी सरेआम थी कि छोटे बाबू उनको मारते-पीटते हैं, अपनी आंख से कभी नहीं देखा। उनके घर के अन्दर जाने के दरवज्जे पर कोलैप्सिबूल गेट है। छोटे बाबू कहते थे, वह गेट सिक्योरिटी के वास्ते है। यह बात भी सभी लोग जानते हैं कि उनके घर में ढ़ेरों नक़दी रुपया, हर वक़्त मौजूद रहता है। दुर्घटना के दिन, शाम के वक़्त छोटी बहू अपनी बेटी के साथ, बगिया में टहल रही थीं। तभी वहां उनको हमने देखा। उस दिन अन्दर क्या हुआ, वह मुझे नहीं पता। हक़ की बात है कि मैं और तेजू 'गोली' लेते हैं! कहा न, हम दोनों बाहर बैठे थे। लेकिन हठात् किसी औरत की चीख सुनाई पड़ी—हाय बाप रे, मार डाला रे!' हम दोनों तो हक्का-बक्का रह गए। हम कमरे से निकलकर बगीचे में जा खड़े हुए। ताजू पूछने लगा, 'ये क्या मामला है, भइये?' मैं तो डर के मारे बर्फ़ हो आया। मैंने ताजू को मना भी किया कि वह घर में न जाए। लेकिन उसने कहा, 'बाहर से ही ज़रा झांककर देखूं तो सही!' मैं बागान में ही बैठा रहा। ताजू घर एक गोल चक्कर लगाकर लौट आया। उसने कहा, 'कुछ हुआ जरूर है, बड़ी बहू की आवाज़ हमने साफ़-साफ़ सुनी। वह कह रही थी—'लो, यह तो गई—।' बहरहाल, हम दोनों आपस में बातचीत करते रहे। यूं भी फ़ालतू, किसी झमेले में कौन पड़ना चाहता है? तभी छोटे बाबू नीचे उतरे और उन्होंने आवाज़ देकर हमें बुलाया। उन्होंने बताया कि छोटी बहू ने आत्महत्या कर ली।

—उसके बाद....मैं झूठ बोलूंगा....हमें रुपयों की गड्डी के दर्शन हुए। छोटे बाबू ने हमसे कहा, ख़बरदार, मुंह मत खोलना! सीधे पुलिस केस में फंसा दूंगा जाओ, बिना कुछ बताए, बोनू और बादल को बुला लाओ। उन्होंने उसी वक़्त, हम दोनों के आगे

हज़ार-हज़ार रुपए गिन दिए। उन्होंने बोनू लोगों को भी रुपए खिलाए। हमने ही मथुरा के वैन का इन्तज़ाम किया। मन ही मन, हम डर से पत्थर बन गए थे। मथुरा से छोटे बाबू ने क्या कहा, मुझे नहीं पता।

उसके बाद उन्होंने कहा—'पहिले ज़रा थाने से घूम आवें।' तब तक तुम लोग वैन-रिक्शे को खिड़की के नीचे खड़ा करो। जिन्होंने यह भी कहा कि लाश जल जावेगी, तो और रुपइय्ये दूंगा। बोनू ने फ़ौरन कहा—रुपइय्ये अभी गिन दीजिए। लाहास जल गई, तो कौन किसे पहचानता है? छोटे बाबू उस वक़्त ऐसा नज़र आ रहा था, मानो वह साक्षात् भूत हो। उनके चेहरे, गले पर नाखून के निशान। झूठ नहीं बोलूंगा, उन्होंने हमें पांच-पांच सौ रुपए और दिए और कहा—तुम लोगों को सब कुछ दूंगा। पहले थाने को सम्भाल लूं, फिर....' मैंने ही सुझाव दिया, 'ज़रा और रात हो जाती, तब चलते.....'। छोटे बाबू एकदम से आतंकित हो उठे, 'ना! ना! ऐसा बिल्कुल नहीं! असंभव!'

बहरहाल, सुजन थाने में गया था या थान-क्वार्टर में, यह पता नहीं चल सका।

वहां से लौटकर उसने कहा, 'सबके सब लाख-पचास मांग रहे हैं, लेकिन, तुम लोगों का मन, मैं खुश कर दूंगा। साथ नहीं दोगे, तो फंसा दूंगा।'

हम सब ऊपर गए, मुर्दे को हमने डबल चटाई में लपेटा और बांध-छांद दिया। रस्सी-डोरी बड़ी वहू ने ही लाकर दी। हम लोग ही लाश नीचे ले आए और वैन में रखा। चूंकि ताज़ा-ताज़ा मुर्दा था, खून टपक रहा था। हमने वैन में पॉलीथिन की चादर बिछा दी। छोटे बाबू ने मथुरा को कितना थमाया था, वह मैं नहीं जानता।

हमने पाप किया, ज़रूर किया है, वर्ना वह हमें फंसा देता या हमारे साथ कुछ और करता। जब पाप किया है, तो सज़ा भी होगी। लेकिन जो किया, वह छोटे बाबू के डर से किया। विश्वास बाबू तो अक्सर आता था.....हां, काफ़ी रात गए आता था। छोटे बाबू के साथ....

अगले दिन थाने में छोटे बाबू को अपने कानों से कहते सुना, कि उसको नमिता ने मारा है। बड़ी बहू का बयान था कि उसे छोटे बाबू ने मारा है। ख़ैर, अब तो सैंकड़ों मुंह, सैंकड़ों बातें सुनने में आ रही हैं। भगवान जानता है, हम सिर्फ़ मुर्दा ढ़ोकर ले गए थे, उसे मारा नहीं था।'

श्यामली पाल के जो ख़त हमारे हाथ लगे थे, उसके कुछेक हिस्से ही असली कहानी बताने के लिए काफ़ी थे।

सुजन पाल के बड़े भाई, पूजन पाल के बीमार होकर, बिस्तर पकड़ने से पहले ही सुजन और नमिता में लटपट चल रहा था। नमिता की मां के बयान से पता चला कि चूंकि भजन पाल ने उनके विवाह को स्वीकार नहीं किया, इसलिए नमिता अपने सास-ससुर से बेतरह नाराज़ थी। सुजन ही उन दोनों को घर ले गया और नमिता के बयान के मुताबिक, उस घर में सुजन ही उन दोनों में हमदर्दी रखता था। पूजन जब बिमार हो गया तो नमिता और सुजन के आपसी सम्बन्ध गहरा उठे। यह सच्चाई

बिल्कुल स्पष्ट थी कि सुजन, नमिता के जादुई असर में बेसुध हो गया था। वैसे वह स्वभाव से दुर्दान्त था। उसका हाथ भी ख़ूब चलता था। इधर पूजन बीमारी से लाचार! अस्तु, सुजन ही इकलौता बेटा बचा था, जिस पर परिवार का कारोबार निर्भर करता था, इसीलिए वह अपने पिता की भी परवाह नहीं करता था।

उन लोगों ने अपना रिश्ता छिपाने की भी कोई कोशिश नहीं की। सुजन के मां-बाप ने ज्योतिषियों की शरण ली। ज्योतिषी की बातों से वो प्रभावित हो गए। लेकिन यह बात भी सच थी कि उन लोगों का ख़्याल था कि सुजन का ब्याह कर दिया जाए, तो दुनिया की आंखों में यह मामला बदल जाएगा। नमिता ने भी इसीलिए उसका ब्याह कर देने की सलाह दी थी। लेकिन विवाह हो जाने के बाद, वह श्यामली को बर्दाश्त नहीं कर पाई। उसने सुजन और श्यामली के बीच कोई रिश्ता पनपने भी नहीं दिया। इस बात को लेकर सुजन से कभी-कभी उसकी कहा-सुनी और तकरार भी हो जाता था। उसी वक़्त ही सुजन, शायद श्यामली के पास होता था। ख़ैर, बेटी के जन्म के बाद, नमिता का क्रोध और ज़्यादा बढ़ गया।

श्यामली को उस घर में शारीरिक और मानसिक अत्याचार के अलावा, कभी, कुछ नहीं मिला। सुजन कभी उसका नहीं बन सका। भजन पाल इसे भी श्यामली की ही असफलता मानते थे और उस पर क्षुब्ध थे। श्यामली का कभी घर से बाहर न जाने देने के खिलाफ़ उन्होंने जो बयान दिया था, उससे यह बात साफ़ हो गई कि उस घर में श्यामली की क्या जगह थी।

उन्होंने कहा, 'सुजन और नमिता के सम्बन्ध को लेकर तरह-तरह बातें हो रही थीं। सुजन की बीवी आ जाएगी, तो ज़रा आड़ हो जाएगा, यही सोचकर मैंने बेटे का ब्याह कर दिया। अब, घर की बहू, अगर छोड़कर चली जाती, तो हमारी बदनामी होती। वैसे उसे खाने-पहनने की तकलीफ़ तो थी नहीं। ब्याह तो औरत की ज़िन्दगी की नियति होती है।'

श्यामली की मौत के बाद, उस रात अगर सुजन और उसके साथी पकड़े नहीं जाते, तो उसका शव-दाह भी हो गया होता। यहीं इसी बिंदु पर नसीरगंज थाने के बारे में हमारे आक्षेप जाग उठे थे।

यह बात साबित हो चुकी थी कि सुजन एक बार थाना गया था। उसने भी कहा—'थाना जानता है!' थाना आख़िर क्या जानता था? थाने में ख़बर देकर, सुजन आख़िर किस भरोसे पर, मृतक के दाह के लिए लाया था?

जनता के दबाव पर जगत विश्वास ने नमिता समेत भजन पाल और उनकी पत्नी को गिरफ़्तार किया। लेकिन शुरू-शुरू में उन्होंने इस हादसे को क़त्ल मानने से इन्कार क्यों किया?

नसीरगंज थाना सुजन और नमिता को गिरफ़्तार करने को, किसी हद तक निरुपाय हो गया था। लेकिन श्यामली के तमाम ख़त, इतने लोगों का बयान, सारा कुछ मौजूद होने के बावजूद पुलिस यह क्यों कह रही थी कि सुजन पाल ने, नमिता की मदद

से, श्यामली का खून किया, इसके पर्याप्त प्रमाण नहीं मिले हैं?

ननी पाल की शिकायत, सुजन-नमिता के विरुद्ध खून का मामला—इन सबके बावजूद, नसीरगंज थाने की तरफ़ से बूंद भर भी सहयोग नहीं मिला था।

'वार्तावह' अंक के बाद, अगला अंक भी प्रकाशित हो गया—'श्यामली हत्या'! आख़िरी अंक में 'वार्तावह' ने सवाल किया था—'दस, पन्द्रह या पच्चीस?'

जमानत पर रिहा होकर, भजन पाल की पत्नी ने कहा कि उनके बेटे ने एक आदमी को दस हज़ार रुपए दिए थे, बेटे के बाप ने भी पन्द्रह हज़ार रुपए थमाए थे। इसके बाद भी उनके बेटे को भला कोई सज़ा हो सकती है? वह 'एक आदमी' कौन है? यह बात क्या सच है कि थाने की तरफ़ से यह अफवाह फैलाई जा रही है कि श्यामली का स्वभाव-चरित्र गड़बड़ था।

हम जानते हैं कि सुजन की माताश्री ने यह बात किससे कही है। उस शख़्स का लिखित बयान हमारे पास मौजूद है। हमें उम्मीद है कि श्री विश्वास इस विषय में जांच-पड़ताल करके, दस या पन्द्रह या पच्चीस का रहस्य स्पष्ट करेंगे।

'श्यामली के स्वभाव चरित्र' के बारे में यह मंतव्य किसके सामने किया था, हम वह भी जानते हैं। मगर श्री विश्वास क्या कहते हैं?

'बस, अमिय'दा, और नहीं....' कुणाल ने कहा।

'इतना खुल्लमखुल्ला कह डाला—' दूर्वा ने कहा।

'भई, अनंग काका के रुपयों का कर्ज़ जो नहीं चुक रहा था। यह सच है कि इस केस के बारे में 'वार्तावह' एक के बाद एक अंक निकालता रहा, सारी घटनाएं बयान करता रहा, इससे जनमत ख़ासा प्रभावित हुआ है।' अमिय ने कहा।

सुजन और अमिता ने जमानत की अर्जी नहीं दी, क्योंकि नसीरगंज में उनके खिलाफ़ जनमत अत्यन्त प्रबल था। अदालत में पब्लिक ने नमिता को काफ़ी धिक्कार दिया था। ठीक इसी तरह जान कितनी-कितनी वधुएं अपनी जान से जाती हैं, लाखों में लुकमा बराबर केस, अदालत तक पहुंचता था। बीच में थाना-थाना जो होता है। मुकदमे के फ़ैसले के तौर पर खूनी को सज़ा मिली हो, ऐसा बहुत कम होता है। श्यामली ऐसी ही मृत औरतों में से एक थी। लेकिन उसके केस ने जनता को काफ़ी उत्तेजित किया था। शहर के प्रगतिशील और राजनैतिक पार्टियां और विभिन्न सिद्धान्तों को लेकर आगे बढ़ने वाली महिला संगठनों ने श्यामली समेत, इस थाने की अन्यान्य वधू-हत्याओं के केस के फ़ैसले और खूनियों को सज़ा देने की मांग की और 'दस, पन्द्रह या पच्चीस' शहरों को झकझोरकर रख दिया, मानो सबने यह डंके की चोट पर एलान कर दिया हो कि इन्सान, रेत में मुंह छिपानेवाला शुतुरमुर्ग हरगिज़ नहीं है।

हासी ने कहा, 'सुनो, अमिय'दा, मेरा नाम मत देना।'

'शायद इसकी ज़रूरत ही नहीं पड़ेगी। हां, अगर अदालत में कहने-बताने की ज़रूरत पड़ी, तो.....'

प्रसून ने कहा, 'केस अगर सही ढंग से चला, तो इसकी ज़रूरत नहीं पड़ेगी। ठीक तरह से अगर जिरह की गई, तो सुजन खुद ही बता देगा कि उसने कितने रुपए दिए हैं।'

'क्या हालत है, देखो! नमिता की बेटी भी कलकत्ते में है। यहां रह गए मौसा-मौसी और पूजन! अब कोई नौकर-चाकर नहीं मिल रहा है। दरवान को ढ़ेर-ढ़ेर रुपइय्ये देकर, सौदा-सुलुझ मंगवा रहे हैं–' हांसी ने कहा।

'आप अभी भी जाती हैं वहां?'

'पूजन की हालत काफ़ी खराब हो गई, मौसी ने अनुनय करके लिखा....पूजन के लिए कोई नौकर-चाकर....सो, नौकर नहीं मिला, यही ख़बर देने के लिए मैं आई थी! मौसी डरी हुई हैं। अगर कहीं नमिता को जमानत मिल गई, तो वह तो उन लोगों की जान ही ले लेगी।'

'हां, ऐसा वह कर सकती है–' दूर्वा ने सहमति जताई।

'अब बच्चों का क्या होगा?'

'यह तो नमिता ने सोचा ही नहीं–'

'नहीं, बच्चों के बारे में उसने कभी नहीं सोचा! बालबच्चों की तो उसने परवाह ही नहीं की। उनके सामने वह कोई दुराव-छिपाव भी नहीं रखती थी। अभी तो दोनों अपनी नानी के पास हैं।'

'वे कैसी महिला हैं?'

'बेटी के वारे में हमेशा चुप्पी साधे रहती थीं। बेटी गड्डी-गड्डी रुपए जो देती थी। उसके बाप का तो खैर, कोई व्यक्तित्व ही नहीं है। अब चूंकि रुपइय्ये नहीं मिलेंगे, इसलिए वे तो बच्चों को रखने से मना ही कर रही थीं। मौसी ने ही बताया कि मौसा महीने-महीने रुपइय्ये भेज रहे हैं। यहां अपना ही मुंह दिखाना मुहाल हो गया है, बच्चों को यहां कैसे रखें?'

अमिय के चेहरे पर विषाद् की मुस्कान उभर आई।

'यह सब कुछ भी नहीं होता, अगर वे लोग श्यामली को उसकी बेटी समेत जाने देते। लेकिन उन्होंने सोचा कि तलाक हो गया, तो बदनामी होगी। ख़ैर, बदनामी तो ज़रूर होती। लेकिन अब जो हुआ....' हासी की आवाज़ में अचरज झलक आया, 'पहले इस क़िस्म का कोई ख़्याल ही नहीं आया! पता नहीं! रुपयों के ज़ोर पर ये लोग छूट जाते हैं। एक बहू का खून करके भी, इन्हें दूसरी मिल जाती है। वधू-हत्या के खिलाफ़ क़ानून तो सिर्फ़ एक नाटक है। जो सुना, वही बता रही हूं, पियाली ने कहा है कि वह अपनी मां के पास नहीं जाएगी। मां की सूरत देखकर उसे डर लगता है?'

उनकी बदनसीबी भला कौन टाल सकता है। श्यामली अगर ज़िन्दा होती या चली जाती। तो नमिता भी और सुजन का इश्क देखते देखते ही वे लोग बड़े होते। उसका भी नतीजा शुभ नहीं होता।'

'ख़ैर, उपाली तो अभी बहुत छोटी है। उसे कुछ भी पता नहीं चलेगा।'

लेकिन, ख़बरें तो अड़ोसी-पड़ोसी, हमउम्र बच्चे ही दे देते हैं। इस क़िस्म की घटनाओं में बच्चों को समाज से संवेदना नहीं मिलती। उनकी हालत बेहद दयनीय होती है। उन्हें समाज से नफ़रत हो जाती है। वे अपने मां-बाप से नफ़रत करते हुए बड़े होते हैं। जितनी-जितनी बहुएं क़त्ल हो जाती हैं। उनके बच्चों की क्या हालत होती है? 'वार्तावह' क्या कुछेक मिसालें देकर, बहस छेड़े? मृत जमुना मंडल की पांच महीने की बेटी को, बेक़सूर ख़लास हो जाने वाले पति ने, यूं ही भटकने को छोड़ दिया और अपनी दूसरी शादी भी कर ली। जमुना का पति शहर छोड़कर चला गया।

हासी ने आगाह किया, 'तुम ज़रा चौकन्ने रहना, अमिय?'

'देखो, जैसे सावधान कभी मार नहीं खाता, वैसे ही मार कभी सावधान नहीं होती। एक ही अच्छी बात हुई, यह कमबख़्त स्वदेश, वार्तावह में लिखते-लिखते, कलकत्ते में चांस पा गया। इसके अलावा, मीता ने भी श्यामली का केस लिखकर, दिल्ली की किसी महिला पत्रिका में भेजा है–'नॉट स्लेव्स!' सद से सुरंजन ने भी, चुस्त-सी सत्यकथा लिखकर, कलकत्ते के किसी फिल्मी अख़बार में प्रकाशन के लिए भेजी है। बड़े-बड़े अख़बारों ने भी यह ख़बर छापी है।

'देखो, जितना-जितना यह सब ज़ोर पकड़ेगा, उतनी ही पुलिस भड़क जाएगी।'

'सुनो, अब मैं अकेला नहीं हूं। हर अंक पढ़कर, पाठक जैसी-जैसी चिट्ठियां लिख रहे हैं, मुझे बड़ा बल मिल रहा है। हासी'दी! अब कितने-कितने लड़के 'वार्तावह' को ख़बरें भेजने लगे हैं, बताओ तो! 'पूजा' के समय, पुस्तक-मेले में 'वार्तावह' का स्टॉल लगाने को कह रहे हैं।'

'कोई हल्की-फुल्की ख़बर तो होती ही नहीं। सुप्रकाश ने लिखा था–लड़ जाओ! हम सब साथ हैं।'

अमिय ने लिखा–'वार्तावह' ने एक उम्मीद जगाई है! अब सिर्फ़ अत्याचार-अनाचार की ख़बरें पहुंच रही हैं।

सुप्रकाश ने लिखा–जितना ज़्यादा, जांच-पड़ताल वाली, खोजी रिपोर्ट छापोगे, उतना ही तुम 'टार्गेट' बन जाओगे। ख़ैर, छोड़ो, हम सबका प्रस्ताव है, नसीरगंज में, एक ज़िला-पत्रकार सम्मेलन आयोजित करो।'

अमिय ने जवाब में लिखा–अच्छा प्रस्ताव है। लेकिन, पहले ज़रा संभल जाऊं। 'वार्तावह' के चालिस वर्ष पूर्ति समारोह के मौके पर यह कार्यक्रम हो सकता है! बस, ज़रा वक़्त लगेगा।

सुप्रकाश ने फिर लिखा–तुम्हारा साहस अभी भी दुःसाहस के दौर में है, यह देखकर, हमें सच ही गर्व है।

अमिय के सीने में सिर्फ़ साहस ही नहीं था, उस पर एक क़िस्म की ज़िद सवार हो गई थी। उसे बखूबी अहसास था कि किसी न किसी दिन, किसी न किसी तरह, उसे इसकी क़ीमत भी चुकानी होगी। वह वक़्त, बहुत जल्दी आ पहुंचा।

मृणाल स्मृति ग्रंथागार के सालाना समारोह के लिए, इस बार टाउन लाइब्रेरी का हॉल लेना पड़ा। शहर में कार्यक्रम, अनुष्ठान बढ़ते जा रहे थे। प्रस्तावित रविन्द्र भवन के लिए ज़मीन तो मौजूद थी, प्रस्ताव भी था, थोड़े फंड भी जमा हो गए थे, लेकिन कमेटी के कई-कई सदस्यों के दिमाग़, किसी एक फ़ैसले पर नहीं पहुंच पा रहे थे, बस, इसीलिए काम अब तक शुरू नहीं हुआ था।

अभी कोई आयोजन होना है, तो वह अरुणोदय में ही होगा। युवक समाज में ड्रग का प्रभाव, ग्रामीण-समाज में विडिओ के माध्यम से अश्लील फिल्मों की प्रतिक्रिया वधु-हत्या और उसके प्रतिकार के प्रति प्रशासनिक उदासीनता, समाज-विरोधियों की तादाद, किसकी प्रत्यक्ष उदासीनता और किनकी मदद से दिनोंदिन बढ़ती जा रही है—इन्हीं सब गर्मागर्म विषयों पर विचारगोष्ठी हुई। कलकत्ते से भी वक्ताओं को आमंत्रित किया गया था। आख़िरी दिन, जो सेमिनार हुआ, उसका विषय था—समाज में विवेक की प्रतिष्ठा में अख़बारों की भूमिका।

आख़िरी दिन की वाहवाही 'वार्तावह' को ही नसीब हुई। सुप्रकाश ने प्रस्ताव रखा, तमाम पत्रकार संगठन, जिला-स्तर पर इकट्ठे हों।

उसने कहा, 'बेहतरीन पत्रकारिता के लिए, हमलोग भी पुरस्कार दे सकते हैं। हर जिले में, कई-कई अख़बार, समाज में स्वस्थ मूल्यबोध की प्रतिष्ठा की कोशिशें करते ही रहते हैं। वे लोग प्रचंड ख़तरों में भी जोख़िम उठाते हैं, फिर भी आज तक उनकी भूमिका को स्वीकृति नहीं मिली। मसलन् 'वार्तावह' अख़बार की भूमिका को ही लीजिए—'

अमिय शाम होते ही वहां से निकल आया। सुप्रकाश उसी के यहां ठहरा हुआ था। कलकत्ता के पत्रकार, तिमिर राम भी उसी के यहां रूके हुए थे। इसलिए ज़रा जल्दी घर पहुंचना ज़रूरी था।

विश्वास बाबू बाहर ही ख़ड़े थे।

'बाहर क्यों खड़े हैं? आप तो आमंत्रित हैं।'

'बाहर ही ठीक है। पिछले पांच दिनों से पुलिसी निष्क्रियता की ही तो हाय-हाय चल रही है। बाहर खड़े-खड़े माइक पर ज़्यादा-ज़्यादा सुनाई देती है!'

'ख़ैर, ये सब शिकायतें तो चलती रहेंगी।'

'यानी 'वार्तावह' केस-वेस के बारे में लिखता ही रहेगा—?'

'क्यों, शहर में इतना बड़ा कांड हो गया, 'वार्तावह' लिखेगा नहीं?'

'हां, हां, लिखिए! लिखिए!'

'सुना है, पंचमुकुर इलाके का एक बलात्कारी, जिसके खिलाफ़, कई-कई मुकदमे भी चल रहे हैं, आजकल इस शहर में ठाठ से घूम-फिर रहा है?'

'हमें कहां से पता चलेगा, बताइए?'

'वाह, वह तो थाने में भी गया था।'

'थाने में नहीं, थाना-इलाके में—कह सकते हैं। जामडांगा थाना इलाके में क़दम रखना, आपने ही बंद कर दिया।' अचानक उन्होंने आवाज धीमी करते हुए पूछा, 'सुना है, सुजन की मां का दिमाग़ फिर चल गया है।'

आजकल भूल-भाल बक रही हैं?'

'यह तो आप जानें। अच्छा, चलता हूं।'

'अरे, कार्यक्रम तो अभी चल ही रहा है—'

'मैं लौटकर, दुबारा आऊंगा।'

'सुना है, गाने-वाने का भी कार्यक्रम है?'

'हां, गण-संस्कृति मंच गाने वाला है! समूह-गीत में दूर्वा और सीतू भी होंगी।'

इन दिनों वे गाना-पार्टी में शामिल हो गई थीं। सबसे ताज्जुब की बात यह कि शशांक की दोनों ही बेटियां इतना अच्छा गाती भी हैं, वह नहीं जानता था। मीता का अदम्य उत्साह अब गायक-कलाकार तैयार कर रहा था।

घर में क़दम रखते ही, बाबू ने सूचना दी, 'एक ख़बर है।'

'फिर कोई ख़बर?'

'तारचंद के गोदाम पर पुलिस छापा मारने जा रही है! किरासिन पकड़ेगी।'

'यह तो देखना होगा—'

'भाभी जी और सीतू चली गई हैं। भाभी जी कह गई हैं कि आप फ़िक्र न करें वे खाना-वाना पकाकर गई हैं। कह गई हैं, आप नाश्ता कर लें—'

'चिड़वा और दही न?'

'हां, नाश्ते के लिए यही रख गई हैं।'

'उसे छोड़,जा गरम-गरम समोसे और चाय ले आ। अपने लोगों के लिए भी ले आना।

मुकुल, बाबू, भक्त, अमिय—'वार्तावह' के सुखी परिवार को अब सीमित नहीं रखा जा सकता। घर का आंगन अगर ढंक दिया जाए, तो काफ़ी सारी जगह निकल आएगी। अमिय आजकल गंभीरता से सोच रहा है कि प्रेस बड़ा करने के लिए बैंक से कर्ज़ ले या न ले। घर का दूसरा हिस्सा बेचकर रुपयों का इन्तज़ाम करे या न करे। मंसूर साहब काफ़ी विषय-बुद्धि रखते थे।

उन्होंने सुझाव दिया, 'बैंक से कर्ज़ ले लें।'

बहरहाल, कर्ज़ ही लेना होगा। चाहे जैसे भी हो, नई मशीनें ख़रीदना ज़रूरी हो गया है। 'वार्तावह' को सैंकड़ों तरह की छपाई के काम मिलने लगे हैं। स्कूलों के प्रश्न-पत्र, तरह-तरह के फ़ार्म, सरकारी-गैर सरकारी काम!

कमल और उसके साथियों ने भी आग्रह किया, 'नई मशीन खरीद डालिए। हम अपनी 'पथ' पत्रिका दुबारा छापेंगे। इसके अलावा, लेटरहेड, पैड वगैरह का काम। नई मशीन चाहिए, एक और कम्पोज़िटर और एक अतिरिक्त आदमी और रखना होगा। सबसे ज़्यादा राहत उसे इस बात की थी इन दिनों दूर्वा पहले की तरह खास क्षोभ जाहिर नहीं करती थी।

अब वह अरुणोदय की तरफ़ चलने का जिक्र भी नहीं छोड़ती थी। श्यामली के हादसे से, वह भी बेतरह विचलित हो उठी थी। पता नहीं, केस का फ़ैसला क्या होना है।

बाबू गर्मागर्म समोसे ले आया। चाय-समोसे उदरस्थ करने के बाद, अमिय ज़रा घिर हुआ।

'हां, तो ताराचंद के गोदाम पर छापा पढ़ने-वाला है, यह तो वाकई ख़बर है। नागरिक समिति की तरफ़ से हम लोग बार-बार यह मुद्दा उठाते रहे हैं। अब शायद लोक-दिखावे के लिए छापा मारने जाएंगे।'

'अरे, जाएंगे तो विश्वास बाबू न! वे पहले से ही ख़बर दे देंगे, वह पट्ठा अपना सारा माल छिपा देगा। लोगों को दिखाने के लिए कुल चार दिन सामने रख देगा। इधर किरासिन के लिए हाहाकार मचा हुआ है।' भक्त ने कहा।

'ये मधु हालदार लोगों को सारा कुछ कहां से मिल जाता है?'

'भजन पाल का डिपो, उसी तरफ़ है न! भजन पाल उन लोगों को अपनी मुट्ठी में रखने के लिए, एड़ी-चोटी का पसीना एक कर कर रहा है।'

'इससे उसे क्या फ़ायदा होगा?'

'शहर में पैर टिकाने के लिए जगह खोज रहा है।'

'कमर टूट गई, मगर सांप नहीं मरा! उन लोगों से उसने कहा है कि मनसा पूजा, काली पूजा में मोटा चंदा देगा। और भी जाने कितने-कितने लालच दिए हैं!' मुकुल भी बीच में टपक पड़ा!

'हां, सुधीर, बोनू, बादल और ताजू की बस्ती भी तो उसी तरफ़ है।'

'अब ज़रा आवा-जाही शुरू होते ही, झूठमूठ की चोरी का हंगामा मचायेगा और सुधीर लोगों की गिरफ़्तार करा देगा; थाने में पिटवाएगा।' अमिय ने कहा।

बाबू बोल उठा, 'इतना सब भी बेकार है! उस घर में कोई पैर भी नहीं रखने वाला। मेरी मौसी को ही....दो सौ रुपए देकर, बेटे के लिए, रखना चाहती थी। मेरी मौसी किसी ज़माने में, अस्पताल में आया का काम कर चुकी है। दो सौ रुपए, खाना, साल में चार-चार साड़ी, जाड़े में शॉल!'

'मौसी चली गई?'

'ओ, जा सकती है भला? वह घर तो अब....सबके सब डरते हैं। उस घर में खून हुआ, उसके बाद प्रायश्चित भी नहीं किया। घर पर भूत-प्रेतों की नज़र गड़ी है–'

'यह सब फ़िज़ूल की बातें हैं।'

'सभी लोग यह कहते हैं।'

'देख, भूत-वूत की बात मत कर, बाबू!'

भक्त और मुकुल भी बोल पड़ें, 'अकाल मौत हुई है, भइये! श्यामली की आत्मा पाल परिवार का सर्वनाश करके रहेगी।'

'ख़ैर, छोड़ ये सब बातें! मैं चलता हूं।'

अमिय साईकिल लेकर निकल गया। मृत वधुओं की प्रेतात्माएं अभी बेहद हीनबल है! पराजित! पराभूत! हत्यारे फटाफट अपना ब्याह रचाते हैं, सुख-चैन से ज़िन्दगी गुज़ारते हैं। कहीं कोई प्रेत कोई आत्मा नहीं होती, होती है ईह ज़िन्दगी!

ताराचंद के डीपो की सड़क बेहद संकरी थी!

उस पर से सड़क-किनारे कच्च नाला! सड़क की रोशनी भी टिमटिमाती हुई! ताराचंद के पास काठ-चिराई का एक कारखाना भी था। इसके अलावा वह किरासिन के डीपो का भी सर्वेसर्वा था! किसी ज़माने में, इस जगह मैदान हुआ करता था। लड़के वहां फुटबॉल खेला करते थे। वह ज़मीन किसी विधवा की थी। ताराचंद ने उसे चकमा देकर, बेहद कम क़ीमत में उससे ज़मीन हथिया ली। उस वक़्त थोड़ा-बहुत तूफ़ान भी उठा था। लेकिन ताराचंद ने शिव-मंदिर की मरम्मत करा दी, शहर को चंद ट्यूबवेल दान किए, बस, जनमत उसके साथ हो लिया।

ताराचंद अब इस दुनिया में नहीं है। उसने अपने भतीजे, प्रवीणचंद को गोद लिया था। अब वही, इसके ज़मीन-जायदाद का सर्वेसर्वा था। शहर के सिनेमा-हॉल 'अपरूपा' का मालिक भी वही था। एक बार तो अपने अमिय का मकान भी ख़रीदने की कोशिश की।

वैसे अब अमीर लोगों को यह पुराना शहर पसंद नहीं था। सबकी निगाहें अरुणोदय की तरफ़ ही गड़ी रहती थीं। आज से बीस साल बाद, अरुणोदय के उस पार लहलहाते धान-खेत, बड़ी-बड़ी नहरें वगैरह, मुमकिन है बेनिशान हो जाएं। वहां भी बस्तियां आवाद हो जाएंगी। उस दिन, यह अरुणोदय पुराना लगने लगेगा और इन्सान को किसी नए अरुणोदय की तलाश होगी। अमिय के पुरखे जब शहर में आए थे, तब यहां चारों तरफ़ जंगल ही जंगल था।

हां, यह बेहद अफ़सोस की बात है कि भागीरथी बिल्कुल क़रीब थी, लेकिन उस नदी के साथ शहर का कोई सरोकार नहीं था। नदी किनारे ही श्मशान; अस्पताल-क्वार्टर के लिए अनुमोदित खाली ज़मीन, बाज़ार, मेहतर-टोला, खाद्य कार्यालय का गोदाम और इंजेक्शन से जर्जरित एक अदद दीवान कोठी और मैदान, जहां विशाल पार्क बनना था! अब दीवान कोठी में धोबियों की जमात रहती थी, वे लोग मैदान में धुले कपड़े सुखाते थे। इस शहर ने भागीरथी को चंद नाले-नालियां उपहार दिए थे। शहर भर का कीचड़, कूड़ा-कर्कट, भागीरथी ही वहन करती थी।

साईकिल चलाते हुए, अमिय के पांव अचानक थम गए। वह एक पांव ज़मीन पर रखकर खड़ा हो गया।

डीपो तो ऊंची-ऊंची चहारदीवारियों के पीछे स्थित था। चहारदीवारी के फाटक पर ताला जड़ा हुआ।

चारों तरफ़ सन्नाटा! निस्तब्ध! छापा मारने का तो कोई लक्षण नज़र नहीं आया। छापा मारने के लिए, पुलिस को उल्टी तरफ़ से आना था। गोदाम की तरफ़ तो कैसेट बज रहा था। शायद दरवान के ही कमरे में ही बज रहा होगा।

अचानक अमिय ने महसूस किया, वह ख़तरे में है।

ऐसी सुनसान जगह में यूं बेखटके चले आना, सही नहीं था।

उसने साईकिल घुमा ली।

'अमिय बाबू!'

आगे गर्दन घुमाई। यह किसी की आवाज़ है? इसे लगा शायद यह नबो की आवाज़ है। लेकिन नबो यहां क्यों होने लगा?

अचानक सिर पर ज़बर्दस्त आघात! बेहद जबर्दस्त!

'अरे, भई, सम्हल कर! जान तो बचाएं।'

'न-बो!' अमिय भरपूर दम लगाकर चीख उठा, मगर उसकी आवाज़ गले में ही फंस गई, न बो!'

लेकिन....नबो ने तो वार नहीं किया था। प्रहार तो दूसरी तरफ़ से हुआ था। नव इधर, हमला तो दूसरी तरफ़ से हुआ था। अमिय चक्कर खाकर, साईकिल समेत सड़क पर ढ़ह गया। गर्दन और बांहों पर दुबारा चोट! फिर आघात! फिर प्रहार!

सारा कुछ ख़ामोश!

मगर यह आवाज़ किसकी थी?

पलक झपकते, पूरी गली सुनसान हो गई। अमिय नाली के पास पड़ा रहा। चारों तरफ़ खून ही खून!

टाउन लाइब्रेरी हॉल में, किसी को भी ख़बर नहीं हुई! लेकिन कार्यक्रम का समापन हो जाने के बाद भी, जब अमिय नहीं आया, तो लोग अचरज में पड़ गए।

प्रतिय ने कहा, 'चल, कुशल, ज़रा देख आएं, कहीं तबीयत तो खराब नहीं हो गई! इधर कई दिनों से तो नहाना-खाना तक भूल गए हैं।'

'धत्! अगर उनकी तबीयत गड़बड़ होती, तो बाबू ख़बर देने नहीं आता?'

'चल, न, चलते हैं! बस, जाएंगे और लौट आएंगे।'

अमिय घर पर नहीं था।

'वे तो हॉल की तरफ़ गए हैं–' बाबू ने बताया।

'कब गए?'

'क़रीब डेढ़ घंटे पहले! चाय-समोसे खाये और चल दिए।....लेकिन, हॉल तक तो पन्द्रह मिनट में पहुंच जाना चाहिए था....' अचानक बाबू को ख़्याल आया, 'ओ-हां, ताराचंद के यहां छापा पड़नेवाला था। उन्होंने कहा, ज़रा ताराचंद की तरफ़ से भी होता जाऊंगा.....' अपनी बात ख़त्म करते-करते, बाबू का चेहरा फक्क् पड़ गया।

'ख़बर किसने दी थी?'

'मैंने....'

'गोदाम में छापा पड़े और विश्वास हॉल के सामने बैठा-बैठा पान चबाए और गाना सुने? कुशल, जल्दी चल–' प्रतिम ने कहा!

प्रतिम, कुशल और बाबू–तीनों ही आगे लपके!

कुशल साईकिल लेकर दौड़ पड़ा!

इस शहर में एम्बुलेंस का काम भी वैन–रिक्शे ही करते थे! एम्बुलेंस उस गली में घुस भी नहीं पाती। एम्बुलेंस अगर होती भी, तो गली की नुक्कड़ पर ही रुक जाती! वैसे भी, अस्पताल में एम्बुलेंस थी भी नहीं।

उसके बाद, भीड़ ही भीड़!

डॉक्टर ने कहा, 'केस सीरियस है!'

'बच तो जाएंगे?'

'पहले देखने तो दें, चोट की क्या हालत है? कितनी गहरी है। लगता है, कंधे पर बांह की हड्डी चूर-चूर हो गई है।'

डॉक्टर अन्दर चला गया।

दूर्वा फर्श पर ही धम्म् से बैठ गई। सीता का चेहरा सख़्त! वह ख़ामोश ख़ामोश खड़ी रही।

बाबू माथे पर हाथ रखे, निरुपाय-सा बैठा रहा!

क़रीब घंटे भर बाद, डॉक्टर बाहर निकला!

'डॉक्टर बाबू, अब कैसी हालत है?'

'मरीज़ की हाल बहोत सीरियस है! चोट गहरी है।'

'दिमाग़ पर चोट है?'

'नहीं, ऐसा लगा तो नहीं। लेकिन अभी कुछ नहीं कहा जा सकता। होश आने का, अभी तक कोई लक्षण नहीं?'

'किसी नर्सिंग होम या सदर ले जाएं, तो क्या बेहतर होगा?' सुप्रकाश ने पूछा।

'अभी उन्हें हिलाना तक असंभव है।'....डॉक्टर ने जवाब दिया। थोड़ा ठहरकर उसने दुबारा कहा, 'ये साहब जो कुछ लिखते हैं, वह तो ठीक ही लिखते हैं। इस अस्पताल में वैसी सुविधा....फिर भी हम अपनी भरसक कोशिश कर रहे हैं....करते रहेंगे।'

दूर्वा ने पूछा, 'आपने उन्हें ऑक्सीजन क्यों दिया, डॉक्टर?'

'उन्हें आराम देने के लिए! ऑक्सीजन-ड्रिप अभी जारी रहेगा। पहले वे इलाज के लायक तो हों–'

'हम लोग यहीं हैं। जो ज़रूरत हो, वह दीजिएगा। एम. ओ. आ गए हैं?'

'जी-हां, वे यहीं हैं। आप लोग अब घर जाएं।'

'वाकई, यहां भीड़ लगाना ठीक नहीं है। सब बाहर बैठते हैं। यहां मैं और प्रतिम रुक जाते हैं। तुम लोग जाओ–' कुणाल ने कहा।

'हम भी कॉरीडर में रह जाएं–' सुप्रकाश ने कहा।

'नहीं, नहीं, बाहर चलें!'

'नहीं, मैं नहीं जाऊंगी–'

'आप और सीतू रुक जाएं! साथ में प्रतिम और सुप्रकाश ठहर जाएं। हम यहां से हट जाते हैं।'

बाहर विशाल भीड़! ढ़ेर-ढ़ेर लोग!

कुणाल ने सूचना दी, 'चोट गरही है! डॉक्टर कोशिश में लगे हैं। अभी हिलाना-डुलाना नामुमकिन है, वर्ना हम उन्हें डा. राय के नर्सिंगहोम में ले जाते।'

'हमला किसने किया?'

'यह सब बाद में....अभी नहीं।'

प्रतिम बाहर निकल आया।

'क्या हुआ?'

'खून चाहिए! राय के ब्लड बैंक से....रुपए हैं तेरे पास?'

'रुपए बाद में, पहले खून ले आओ। ब्लड ग्रुप बताया?'

'ओ ग्रुप! उन्हीं लोगों ने बताया। सर न तो, अभी, उसी दिन खून दिया था—'

अचानक बाबू बोल उठा, 'खून मैं दूंगा।'

'देना, भई, दे लेना!'

कुणाल उसे मैदान की तरफ़ खींच ले गया, 'खून देना चाहते हो, बाबू, चलो, मैं ही ले लूंगा। अब यह बताओ कि गुदाम पर छापा पड़ेगा, यह बात तुमने उनसे क्यों कही?'

बाबू पर माना भूत सवार हो। कोई भी बात या सवाल, उसके दिमाग पर मानो असर ही नहीं कर रहा था।

'क्या पूछा आपने?'

'छापा पड़ने वाला, यह क्यों कहा?'

'शशांक' दा ने ही तो बताया। कहा, बड़ी गुपचुप ख़बर है, लेकिन उनको बताना जरूरी है।'

'शशांक कहां है?'

शशांक वहीं मौजूद था। कुणाल उसे भी बुला लाया। शशांक स्तंभित-सा किसी सोच में डूबा हुआ था।

'शशांक'दा, डीपो पर छापा पड़ेगा, यह ख़बर तुम्हें किसने दी? तुम्हें कैसे पता चला?'

शशांक काफ़ी नाप-जोखकर बताने लगा, 'आप सब लोगन 'फंकशन' में चले गए, हम अपना 'वैन' लगाए और बाज़ार चले गए। सरसों का तेल....अउर दाल....कि नबो बाबू हमका बुलाएन। कहने लगे—बड़ी जबरदस्त ख़बर है। कल से समुच्चा शहर किरासिन में बहेगा। हम पूछे-काहे? वे बतावे लागे—बड़ी ज़बरदस्त ख़बर है, लेकिन ख़बरदार, अमिय बाबू ने कान में ना पड़े। अगर उनको पता चल गया, तो गुड़गोबर हो जाएगा। ताराचंद के डिपो पर 'हल्ला' पड़ने वाला है।'

यह सुनकर शशांक विह्वल! विस्मित!

ऐसी ख़बर अमिय बाबू नहीं जानेंगे, तो कौन जानेगा? शशांक दाल-तेल

लिए-दिए ही, फंक्शन की तरफ़ दौड़ पड़ा। लेकिन, वहां तो ऐसा भीड़-भड़क्का था...। तभी किसी ने बताया, अमिय बाबू घर गए हैं। शशांक घर की तरफ़ दौड़ा। अमिय बाबू वहां भी नहीं थे।

आख़िरकार, शशांक ने वह ख़बर बाबू को ही दे डाली। नहीं, नबो का नाम उसने नहीं लिया। उस वक़्त नबो का नाम उसे याद ही नहीं आया। उसने एक अच्छा काम किया, यह सोचते हुए वह घर लौट गया और बड़े जतने खिचड़ी पकाने में जुट गया।

'तुमने नबो की बातों का विश्वास कर लिया?'

'काहे नाहीं करते? नबो बोला...कउनो और जुर्म में जेल खटकर बेलून बाहर-आवा है।'

हां, यह ख़बर सच थी! शशांक अर्से से उसे खोज रहा था।

'यह बेलुन कौन है?''

'हमरी बहुरिया का....'

उन दिनों शशांक उसे खोजता रहा....बेतरह खोजता रहा! लेकिन वह नहीं मिला।

'समझ गया' लेकिन तुम दोनों को ही और ज़्यादा होशियार रहना चाहिए था। ख़ैर, अब यह बात किसी और से मत बताना।'

'काहे, काहे नहीं बतावें?'

'अभी यह सब बताने का, मेरे पास वक़्त नहीं है।'

'यानी मैंने ही भइया को मार डाला? भइया ने मेरी जान बचायी और मैंने उन्हीं की जान....' बाबू पछता रहा था!

'अब यह सब बात नहीं....'

प्रतिम और बाकी लोग लौट आये। उनके साथ डा. राय भी थे। सरकारी नौकरी छोड़कर, अब वे प्राइवेट प्रैक्टिस कर रहे थे। पेशे के नज़रिये से इस शहर में सबसे ज़्यादा कमाई करते थे, डॉक्टर! उसके बाद वकील! उसके बाद कोचिंग क्लास चलाने वाले टीचर! राय चीर-फाड़ के डॉक्टर थे। वे भी अन्दर चले गए।

बाहर लोग झुंड बांधकर खड़े थे। आबोहवा काफ़ी तनावपूर्ण!

रात को क़रीब तीन बजे डॉक्टर ने अभय-वाक्य की घोषणा की, 'फ़िलहाल, डर की कोई बात नहीं है। नाड़ी स्टेडी है, खून पहुंच रहा है। सर की चोट के बारे में जो मैंने सोचा था, वैसा नहीं है! हां, सात-सात टांके ज़रूर पड़े हैं! पता नहीं, कैसे बच गए. ..यह करिश्मा ही है! वह चोट गर ज़रा-सी भी....बांयी तरफ़ लगती, तो....'

'अब तक तीन बार हो चुका –'

'मतलब?'

'अमिय ने पहले भी मार खाई है। कुणाल, तुम अन्दर जाओ, मैं ज़रा सांस ले लूं–'

'पब्लिक काफ़ी तैश में है...'

'अच्छा है! काफ़ी आशावादी प्रतिक्रिया है!'

'मुझे मालूम है, वी. आइ. पी. मरीज है! लेकिन हमने भी जान लड़ा दी है! भरपूर

कोशिश कर रहे हैं....' प्लीज़, देखिएगा, पब्लिक के हाथों, कहीं मैं ही न पिट जाऊं–'

'उनकी हालत ज़रा सम्भल जाए, तो उन्हें नर्सिंगहोम ले जाना ही ठीक होगा।' सुप्रकाश ने कहा।

'सब किया जाएगा। अमिय'दा हमें मौका तो दें! बस, एक बार मौका दे दें–' कुणाल ने कहा।

'कल एक बार सदर फोन करूंगा।

'क्यों?'

'वहां उनके कई सहकर्मी हैं, जो उनके साथ थे, वे लोग भी आ जाएं–'

'वहीं तो उन्होंने पढ़ाई-लिखाई भी की है।'

'हां, वहीं के पढ़े हुए हैं! हैरत है, अमिय अभी भी काफ़ी हद तक वैसे का वैसा ही है। जिस तरह, एक-एक मुद्दे के लिए, उन्होंने अपनी जान लड़ा दी है....'

'आप बैठिए–'

डॉक्टर राय वहां से क़रीब चार बजे निकले।

जाते-जाते भी वे कह गए, 'बेटर हैं! लेकिन अभी उन्हें हिलाना-डुलाना ठीक नहीं होगा।'

सुबह क़रीब पांच बजे, कुणाल ने सबको ख़बर दी, 'अब उनकी हालत, पहले से ज़रा बेहतर है! अब सबको यहां पड़े रहने की ज़रूरत नहीं है। यहां रहने भी नहीं देंगे। हम टीम बना लेते हैं।'

विपुल बाबू ने जाते-जाते दिलासा दिया, 'देखो, रुपयों की विल्कुल फ़िक्र न करना, कुणाल! मैं हूं न!'

वे चले गए।

प्रसून ने कहा, 'अब दूर्वा और सीतू भी घर चले जाएं। कुछ देर आराम कर लें, फिर आ जाएंगे।'

'हां, उसके बाद, देखते हैं सर की तबीयत कैसी रहती है। भाभी को तो हमारे साथ थाने भी जाना है।'

'अच्छा.....थाने जाओगे?'

'अरे! जाना नहीं होगा? हमला....आततायी....'

'हां, सो तो है!'

लेकिन दूर्वा अपनी जगह से नहीं हिली। सुबह क़रीब आठ बजे, अमिय की नाक से ट्यूब हटा दिया गया। दवा के असर में बेसुध वह सो रहा था। ड्रिप भी ठीकठाक जारी थी। यह सब देखने के बाद ही, वह और सीतू घर लौटीं।

कुणाल ने कहा, 'अब ज़रा अच्छी तरह नहाइए और उसके बाद मुंह में डालिए....'

'चलिए, चाय लाया हूं! पहले चाय पी लें।'

अब जाकर सीतू ने जुबान खोली, 'पापा वे सब ख़बरें छाप रहे हैं, इसीलिए न

उन्हें मारा, कुणाल' का?'

'स-ब ठीक हो जाएगा, बिटिया!'

'पापा....बच तो जाएंगे न?'

'बच तो गए ही! लेकिन ज़ख्म गहरा है न! इसलिए थोड़ा वक़्त लगेगा...काफ़ी वक़्त लगेगा। सुन, मेरे पास 'ह्युमैन एनाटॉमी' नामक एक किताब है; मेडिकल डिक्शनरी भी है! प्रतिम मेडिकल प्रतिनिधि है न! सब ठीक हो जाएगा। पापा जब अच्छे हो जाएंगे, तो तुझे सब समझा देंगे।'

'पता है, पापा को गंजा कर दिया है।'

'वर्ना टांके कैसे लगाते? अच्छा, अब तू जाकर, नहा-धो ले और कुछ खा-पी ले।'

'तुम भी तो कुछ खा लो! पापा ने भी कुछ नहीं खाया....'

'तू बुद्धू है, सीतू! पापा को ड्रिप दी जा रही है न! पापा ठीक है।'

'अब अख़बार का क्या होगा?'

'स-ब ठीकठाक चलेगा! हम लोग हैं न। तू क्यों फ़िक्र करती है? भाभी....'

'मैं बिल्कुल स्टेडी हूं! ठीकठाक!' दूर्वा के होठों पर उदास मुस्कान उभर आई, 'सीतू के पापा के लिए अस्पताल जाना, जेल में उनसे मिलने जाना, ख़बर के इन्तज़ार में बैठे रहना....यह सब नया तो नहीं है, कुणाल! हां, यह ज़रूर कह सकते हो कि बीच में इसकी आदत छूट गई थी।'

दूर्वा ने सिर हिलाते हुए अपनी बात जारी रखी, 'इस घर पर जाने कितनी बार छापा पड़ा....पुलिस की दौड़ आई....उन्होंने इन यादों को कभी मिटाना भी नहीं चाहा....। इसीलिए तो 'वार्तावह'....। ख़ैर, तुम मेरे लिए परेशान न हो।'

'आपको थाने चलना है, भाभी।'

'चलूंगी।'

दूर्वा अपने को झटककर, उठ खड़ी हुई।

'चाय पीयो! कुछ खा-पी लो! सब लोग नहा लो। भक्त, जवा की मां आई थी या नहीं?'

'आई थी। एक चक्कर लगा गई है। दुबारा आएगी!

इस बीच जवा की मां भी आ गई।

'क्या बात है, बहू जी? यह क्या हो गया?'

'नहीं, रोते नहीं! भइया अब कुछ ठीक हैं। सुनो, सिर्फ़ थोड़े-से चावल उबाल लो। पहले घर-द्वार की सफ़ाई निपटा लो।'

रात-दिन की नौकरानी, कपिला भी ऊपर से नीचे उतर आई।

'चिन्ता ना करो, जवा की मां! खुद ही अपना कामकाज पूरा कर डालो....'

'अच्छा, मैं चलता हूं....' कुणाल उठ खड़ा हुआ।

'हां, अब परेशान न हो!'

'ना, अब मैं परेशान नहीं हूं–'

'शाम को, अमिय की तबीयत में सुधार की ख़बर सुनने के बाद, कुणाल ने कहा, 'अब, कुछ ऐक्शन पर उतरा जाए, प्रसून'दा! सारा मामला तो बिल्कुल साफ़ है।'

'कैसे?'

'नबो को उठा लाया जाए–'

'क्यों?'

'सब बताता हूं! सोचा था, भाभी को थाने ले जाकर डायरी कराऊंगा....लेकिन पहले 'ऐक्शन' ज़रूरी है।'

नबो की तलाश शुरू हुई! हर कोई उसे खोजता फिरा, लेकिन वह कहीं नहीं मिला।

मधु हालदार ने कहा, 'वह ज़रूर पुलिस की ही शरण में गया होगा। और कहां जा सकता है, भला?'

'तब तो थाना ही चलना चाहिए!'

वे लोग दूर्वा को लेकर यथासमय थाना पहुंचे।

विश्वास बावू ने ज़रूरत से ज़्यादा ही हमदर्दी जतायी।

उन्होंने जोर-शोर से एलान किया, 'जिसने भी ऐसा जघन्य काम किया है, मैं उसे ज़रूर पकड़ूंगा, छोड़ूंगा नहीं–' यह भी कोई बात हुई? पत्रकारों पर हमला? शहर भर में वात हो रही है! नहीं, नहीं, यह सब चलने नहीं दिया जा सकता।'

'आप डायरी तो लिखें....'

'बेशक! बेशक!....बताइए–'

'वहां, जब फंक्शन चल रहा था, उस वक़्त बाज़ार में नबो दास ने शशांक नस्कर को ख़बर दी कि आज आप लोग ताराचंद की दुकान पर, सात बजे के क़रीब, छापा मारने वाले हैं, लेकिन यह ख़बर अमिय बसु को हरगिज़ न दी जाए।

'शशांक नस्कर....'

'केयर ऑफ कुणाल! शशांक को लगा, यह ख़बर अमिय बसु को देना ज़रूरी है। वह घर आया! घर में अमिय बसु नहीं मिले। इसलिए वह प्रेस के बाबू दास को ही यह ख़बर देकर चला गया....'

'अरे....! अब देखिए न....यहा छापा मारने की कोई बात ही नहीं थी। अजूल-फ़ज़ूल की बातों पर विश्वास करके, आपके पति....'

'आप यह पूछताछ करें कि नबो दास ने यह झूठी ख़बर क्यों दी? मतलब पता लगाएं। बाबू ने यह ख़बर मेरे पति को दी। वे यह कहकर चल पड़े कि पहले वे ताराचंद के डीपो से होते हुए, फंक्शन में पहुंचेंगे। मगर वे फंक्शन में नहीं पहुंचे...! वे घर पर नहीं है, यह खोज-ख़बर लेने के बाद और बाबू की बातें सुनकर, प्रतिम और कुशल वहां पहुंचे। उन्हें खून में लथपथ देखकर, उन्हें अस्पताल में दाख़िल कराया....'

'अज्ञात आततायी....'

दूर्वा ने निगाहें ऊपर उठाकर कहा, 'आततायी निरा अज्ञात नहीं है। 'वार्तावह' अख़बार, जिन लोगों को बेनक़ाब कर रहा है, इस वारदात के पीछे, उनमें से ही कोई है! जिसे थाने को ढूंढ़ निकालना चाहिए। थाने का यह फर्ज़ है, मगर वह नहीं खोजेगा—'

'यह आप कैसी बातें कर रही हैं?'

'आप समझ लें। मुझ पर आंखें लाल न करें।....थाने में, मैं पहली बार नहीं आई हूं! आप बेअदबी से बातें न करें। नबोदास ने यह बात, किस सूत्र से फैलाई, यह वही बता सकता है। मगर पब्लिक उसे तलाश कर रही है, यह भी मैं बता दूं।'

अब तक विश्वास बाबू दूर्वा की आंखों से आंखें मिलाए, उसे देखते रहे था, अब उनकी आंखें झुक गईं।

'लाइए, अपने बयान पर दस्तख़्त कर दूं—'

दूर्वा ने उस रिपोर्ट पर हस्ताक्षर कर दिया।

कुणाल ने आहिस्ते से कहा, 'नबो को हम पकड़कर ही दम लेंगे।'

'आप का नियम-क़ानून अपने हाथ में लेंगे?'

'लेने के लिए....हमें मज़बूर मत करिएगा! पब्लिक मीटिंग में हम ये सारी बातें बताएंगे।'

'............'

'हम सारी ख़वर 'वार्तावह' में छापेंगे......सदर में एस पी के सामने गण-रेपुटेशन देंगे....कोई एम.एल.ए. पकड़कर, कलकत्ता जाएंगे.... । यह सब अमिय बोस नहीं करेगा, हम करेंगे, समझे आप? हम लोग.....उस हॉल में, आपने शहर के जितने लोगों को देखा है, वे दस नहीं, पन्द्रह नहीं, क़रीब दो सौ लोग थे। आप कितने लोगों को लॉक-अप में ठूंसेंगे?'

विश्वास बाबू निरुत्तर!

अब प्रसून ने भी जुबान खोली, 'लीजिए, यह भी रख लीजिए।'

'यह क्या है?'

'आपसे जो-जो कहा, ठीक वही-वहीं बातें हमने इसमें भी लिखकर एस पी डी, एम एल ए, विभिन्न राजनीतिक दलों के नेता—सबको सूचित किया है। इस शहर में अम्नो-अमान और नियम-क़ानून किस हालत में पहुंच गया है, इस बयान पर आठ-आठ संगठनों के हस्ताक्षर समेत, उन लोगों को भेजा गया है। यह अपील सदर तक पहुंच चुकी है। उसकी कॉपी आपके लिए है, पढ़ लीजिएगा।' दूर्वा ने सूचित किया।

'चलो, दूर्वा! और, हां, इसके बाद, शशांक या बाबू को उठाने या गायब करने की कोशिश मत कीजिएगा। उठाना हो, तो नबो को उठाएये। और रमा नस्कर को गिरफ़्तार कीजिए, जो हत्यारों में से एक हैं और जो इस थाने में भी देखी गई है, उसे पकड़िए। वे दोनों अगर कहीं हम लोगों के हत्थे चढ़ गए, तो.....' प्रसून ने क्षुब्ध लहजे में कहा।

'मणि बोस का बेटा, अमिय बोस मार खाता रहेगा और हम इसे हजम कर लेंगे, यह आपने सोचा भी कैसे? भाभी तो सुधीर मुखर्जी के मारफ़त मुकदमा भी दायर करने

वाली हैं।' कुणाल ने कहा।

विश्वास बाबू निरुत्तर!

विश्वास बाबू पसीने से नहा उठे।

'पत्रकारों की सुरक्षा चाहिए। समूचे ज़िला मैं चाहिए! ज़िला पत्रकारों के दुश्मन, कई-कई थानों में भी मौजूद हैं, जो दस-पन्द्रह के खेल, खेल रहे हैं।'

वे लोग बाहर निकल गए।

विश्वास न लंबी उसांस भरी! न्ना, नबो और बेलून पर अब भरोसा नहीं किया जा सकता!

उन लोगों का....अब क्या किया जाए?

अब उनका क्या होगा?

फ़िलहाल, उनके चेहरे ही, समूचे नक्शे से निश्चिन्ह कर देना, बेहद ज़रूरी है! विश्वास ने अपनी कमर की पेटी कस ली।

नबो को अन्दाज़ा हो गया कि विश्वास बाबू अब क्या करेंगे।

वह सीधे कुणाल के घर ही शरणापन्न हुआ।

'मुझे बचाइये! बचा लीजिए मुझे। मैं सब बताता हूं! लिखकर दे देता हूं। सिर्फ़, वह सब थाने में मत दीजिएगा। वे लोग मुझे जान से मार डालेंगे! बस, मुझे थाने में मत दीजिएगा।'

'हां, अब आए हो, बच्चू, सीधी लाइन पर! तुम्हारा वह चेला कहां है, नबो? उसे क्या थाने के हवाले कर आए?'

'नहीं, नहीं, थाने में नहीं दिया। उसे....उसे शशांक नस्कर ने दबोच लिया है। वह बिल्कुल राक्षस बन गया है।'

'शशांक कहां है?'

'यह रहा....लीजिए–' अचानक शशांक कमरे में दाख़िल हुआ और उसने एक आदमी को धकेलकर, कुणाल के सामने ला गिराया।

उस शख़्स के माथे, कान, नाक–अंग-अंग की दुर्गति हो गई थी। खून में बिल्कुल नहाया हुआ!

'बस, जान से नाहीं मारे! इसी....इसी....राक्षस ने भइया जी को मारा....'

'वह तो मैंने बड़े बाबू के कहने पर....' नबो बोल उठा।

'इसका बयान लिख ले! उसके बाद, इसे सीधे सदर चालान कर देंगे। यहां तो उसे जान से मार डालेंगे। वहां क्या करेंगे, वह सुबोध बाबू देख लेंगे।' प्रसून ने कहा!

'बाकी रह गए, अमिय'दा! वे क्या कहेंगे?'

बहरहाल, पूरे चार दिनों बाद, अमिय ने आंखें खोलीं। पल भर इधर-उधर नज़रें घुमाकर, उसने दुबारा आंखें मूंद लीं।

'मेरे समूचे बदन पर पट्टी क्यों बंधी हैं?'

'तुम्हारी हड्डी टूट गई है! फ्रैक्चर हुआ है।' दूर्वा ने जवाब दिया।

'मेरा सिर....'

'टांके लगे हैं....'

'क्या हुआ था....कुछ याद है?' किसी ने पूछा।

अमिय ने उनींदी आवाज़ में जवाब दिया, 'मैं..वा....पस....आ रहा था....नबो ने आवाज़ दी....। लेकिन....नबो ने वार नहीं किया था....कोई और था....नबो....ने.... कहा....सम्भलकर....जान बचाकर....'

एस. डी. पी. ओ., मंझले बाबू ने निर्देश दिया, 'लिखें....सब दर्ज़ करें! उफ! कैसा जघन्य कारबार है....!'

'बड़े बाबू कहां हैं? विश्वास बाबू?'

'सब पता चल जाएगा। फ़िलहाल, ये साहब ही थाने के इन्चार्ज हैं। वैसे आप लोगों ने लोकल थाने का कारोबार चलने ही कहां दिया।' थोड़ा ठहरकर उन्होंने दुबारा कहा, 'ड्यूटी करते रहिए! यह नसीरगंज इतना 'मेस' हो उठा है! इतनी धांधली चल रही है यहां....रियली....'

'हां, सर!'

वे दोनों बाहर निकल गए।

कुणाल ने दूर्वा को इशारा किया। दूर्वा उठकर, उसके क़रीब चली आई।

'सुन लिया?'

'क्या?'

'देख नहीं रहीं, खुद एस डी पी ओ तक दौड़ा चला आया।'

'क्यों?'

'विश्वास बाबू सस्पेंडेड! मुअत्तल कर दिए गए हैं। अब केस चलेगा। 'सुजन ने सब कुछ कबूल कर लिया है।'

'इन पर हमला?'

'एक-एक करके, सब हो जाएगा! पहले यह इन्सान ठीक तो हो ले। यह बहुत ज़रूरी है।'

अमिय उसी तरह उनींदी आवाज़ में बड़बड़ा उठा, 'अब....मैं...ठीक हो जाऊंगा।'

'इस बार क्या छाप रहे हो, कुणाल?'

'अमिय बोस की आपबीती! क्यों, खुश तो?'

'बे-हद!'

अमिय दुबारा नींद में बेख़बर हो गया।

दूर्वा उसके चेहरे पर नज़रें गड़ाए, उसे निहारती हुई बैठी रही!

आज पत्रकारों पर ज़ोर-जुल्म बरसाने, पत्रकारों पर उत्पीड़न के खिलाफ़.... प्रतिवाद जुलूस निकलने वाला था!.....'

●●●